署長サスピション

今野 敏

講談社

署長サスピション

装画　山本祥子
装幀　延澤　武

写真 ©Getty Images、123RF.COM

1

十月六日。月曜日から仏滅だそうだ。

仏滅だからといって何か悪いことが起きるわけではないだろうが、やはり気分はよくないと、貝沼悦郎（かいぬまえつろう）副署長は思った。

朝から署長室には、警視庁本部から客が来ていた。交通部長だ。九月三十日まで「秋の全国交通安全運動」が実施され、その結果について署長と打ち合わせをするのだそうだ。

もしそれを他の署に知られたら、「えっ。部長が？」と驚くに違いない。交通安全運動は大きなイベントだが、だからといって交通部長が警察署を訪れることはまずない。

大森（おおもり）署は特別なのだ。警視庁本部の幹部は何かと口実を設けて署長に会いにくる。いや、本部の幹部だけではない。

署長に会いたがる者はもっとたくさんいるのだが、幹部なら会いにきやすいというだけのことだ。

署長室のドアが開いた。交通部長の声が聞こえる。

「では署長、もろもろよろしくお願いします」

署長がそれにこたえる。

「はい。こちらこそ、よろしくお願いします」

交通部長の目尻が下がっている。幸せそうな顔だ。署長に会うと、たいていの人がこんな顔になる。

署長が出入り口で交通部長を見送る。本部の部長なのだから、本来は玄関で公用車に乗り込むまで見送らなければならないのだろうが、署長はあまり気にしないようだし、署長に会う男たちもそんなことは気にならないらしい。

代わりに貝沼が玄関まで見送ることになる。慌てて飛び出してきたのは、斎藤治警務課長だ。

交通部長が署をあとにして、貝沼が席に戻ると署長に呼ばれた。

署長席の前に立つ。

ほぼ毎日顔を合わせるので、すでに免疫ができているが、ふと気を抜くと貝沼も藍本小百合署長の美しさに脳みそを殴られそうになる。

かなりの確率で男たちがやられるのだ。いや、男だけではない。女性の中にも署長の美貌のせいで、日常感覚を失ってしまう者がいるようだ。

彼らは良識として、容姿の美醜を取り沙汰するのは差別になりうるので、いけないことであるとは認識しているはずだ。それが彼らの日常感覚だ。

署長に会ったとたん、それが吹っ飛ぶのだ。

「そんなばかな」という人は、一度署長に会ってみればいい。貝沼はそう思う。

ただ、顔立ちが整っているというだけではない。藍本署長には、すさまじい美人オーラがあるのだ。

交通部長も例外ではなく、ただ署長に会いたいがために大森署を訪れたのだ。

署長が言った。

「怪盗フェイクの話、知ってます?」

「ああ……」

貝沼はこたえた。「管内で話題になっている窃盗犯ですね」

「詳しく話を聞きたいわ。盗犯係長を呼んでくださる?」

「承知しました」

貝沼は席に戻ると警電で関本良治(せきもとりょうじ)刑事課長に連絡した。

「署長が盗犯係長に会いたいと言っている」

「何かやらかしましたか」

「そうじゃない。署長は最近話題になっている窃盗犯に興味をお持ちのようだ」

「怪盗フェイクのことですね」

「マスコミはそう呼んでいるようだな」

「私は行かなくていいでしょうか」

免疫がある署員でも、機会があればこうして署長の姿を見たがる。

「係長だけでいいと思う」

関本課長は残念そうに言った。

「了解しました」

電話を切って五分ほどすると、七飯(ななえ)寛(ひろし)盗犯係長がやってくるのが見えた。

五十三歳の警部補で、課長よりも年上だ。他の係長と同様に背広を着ているが、刑事には見えない。

何かの職人のようなたたずまいだ。彼は副署長席の前に来ると言った。

「署長がお呼びだそうで……」

なんとなくおどおどしているように見える。

「怪盗の件だそうだ」

貝沼は立ち上がり、七飯係長を連れて署長室に戻った。

「七飯係長です」

「え……？　ななえって読むの？　お名前、何と読むのかずっと気になっていたの」

七飯係長は戸惑った様子でこたえた。

「北海道の函館(はこだて)の近くにそういう名前の町があります」

「北海道の出身なの？」

「いえ、違います。私は茨城(いばらき)の生まれです。たぶん、先祖の誰かがそのへんに住んでいたんじゃないかと……」

七飯係長はまぶしそうな顔をしている。署長の美貌がまぶしいのだ。

「怪盗フェイクのことをうかがいたいんです」

「申し訳ありません。手がかりがなく、なかなか逮捕できずにおりまして……」

「怪盗はそう簡単に捕まらないでしょう」

署長はどこかわくわくしているように見える。

「しかし、それを捕まえるのが、私の仕事ですから……」

「宝石や高級時計などを、うまく偽物とすり替えて盗むんだそうね？」

「はい。客を装って堂々と宝飾店を訪れ、商品をショーケースから出してもらい、手に取って見るんです。そして、そこで手品のようにあらかじめ用意した偽物とすり替え、本物を持ち去るわけです」

「そんなことができるの？」

「実際にやってのけたんです」

「店の人って、プロでしょう？　すり替えられたのに気づかないのかしら」

「そこが怪盗フェイクの巧妙なところでして……。店員の心理の隙をつくらしいです」

「心理の隙？」

「いくつか品物をショーケースから出してもらい、すり替えるのは一つだけです」

「たった一つの商品をすり替えるなら気づかれるかもしれないけど、同じことを何度か繰り返せば注意をそらすこともできるというわけね」

「はい。話術も巧みなようです。店員は話に気を取られてしまうらしい」

「会ってみたいわね……」

独り言のようにつぶやいた。

七飯係長は驚いた様子で言った。

「窃盗犯に、ですか……？」

「ただの窃盗犯なら、別に会いたくはないけど、怪盗でしょう?」

「はあ……。マスコミはそう言ってますが……」

「そして、手口が見事じゃない。実際に犯行の様子を見てみたいわね」

「会うことは不可能ではないでしょう。我々が逮捕すれば、いくらでも会えます。しかし、犯行の様子を、署長がご覧になるというのは不可能でしょう」

藍本署長は思案顔で言った。

「私が宝飾店の従業員になりすましたらどうかしら」

七飯係長は困った顔で貝沼を見た。

貝沼は藍本署長に言った。

「公務がありますから、宝飾店に張り付くことはできません」

「あら、捜査なんだから公務でしょう?」

「捜査は現場の捜査員に任せてください」

「まあ、それもそうね……。それで、怪盗フェイクは何者かわかっているの?」

七飯係長がこたえた。

「面目ないことですが、まだ素性がわかっておりません」

署長は満足そうに言った。

「怪盗ですからね」

なんだか怪盗の味方をしているみたいに聞こえる。

貝沼は七飯係長に言った。

「商品を偽物とすり替えると言ったな？」

「はい」

「その商品に似た偽物を用意しなければならないだろう。店員もすぐには気づかないような偽物だ」

「下調べをしているのです。商品を観察して、そっくりの偽物を用意するわけです」

「そんなことが可能なのか？」

「怪盗フェイクは目利きなんだと思います。そして、一流の贋作師でもある」

「贋作師……」

「店員も、その場で真贋の鑑定をするわけではありません。用済みの商品はただショーケースに戻すだけです。だから、本物かどうかなんて気にしていないんです」

「それでも気づくことがあるんじゃないか？」

「はい」

「その場合、怪盗フェイクはどうするんだ？」

「逃げます」

「逃げる？」

「はい。脱兎の如く。逃げ足も速いようです」

藍本署長が眼を輝かせる。

「去り際も鮮やかなわけね？」

「いや……」

七飯係長が言った。「ただ必死に逃げるだけです」

「目利きで話術が巧み。そして、贋作の技術もあり、身体能力も高い……。これは相手にとって不足はないわね」

「はあ……。手強いのです。ですから、まだ捕まえることができないのです」

「何かわかったらすぐに知らせてちょうだい」

「承知しました」

話は終わったようだ。貝沼は、七飯係長に退出を促した。

七飯係長がおずおずと言った。

「署長室に金庫があったんですね」

藍本署長と貝沼は同時に、壁際にある頑丈そうな金庫に眼をやった。

署長がこたえた。

「私が用意したわけじゃないの。赴任してきたときにはすでにそこにあったわ」

貝沼は言った。

「いつからあるのか、私も正確に知らない。ほとんど使うことはないんじゃないかな」

「でも……」

七飯係長が言う。「その金庫、最近開けましたよね」

「え……?」

貝沼は眉をひそめた。「そんなことがわかるのか?」

「ええ。盗犯係ですからね。雰囲気でわかります」

貝沼は藍本署長に尋ねた。

「そうなんですか？」

「さあ。どうだったかしら……」

七飯係長が頭を下げた。

「余計なことを申しました。では、失礼します」

七飯係長が署長室を出たので、貝沼もそれに続いた。ドアの外の副署長席まで来ると、七飯係長がぽつりと言った。

「署長室は、なんだか金の匂いがしますね」

「え……？」

貝沼は驚いた。「それはどういう意味だ？」

「そのままの意味です。盗っ人を惹き付ける金の匂いです」

そのまま七飯係長は歩き去った。貝沼はその後ろ姿を見ていた。


七飯係長は、いったい何を言いたかったのだろう。

貝沼は副署長席で考えていた。

誰かが金庫に触ったとか、金の匂いがするとか、もしかしたら、本当にわかるのかもしれない。

七飯係長は、その見てくれのとおり、ズバリ職人だ。一般には、刑事の花形は捜査一課や強行犯係のように思われているようだが、実は一番忙しいのは捜査三課や盗犯係だ。

そして、一課や強行犯係が相手にする犯罪者はたいていは素人だが、三課や盗犯係は常習犯、つまりプロを相手にするのだ。

常習犯の中には、怪盗フェイクのように、特殊な能力を発揮する者もいる。日夜そういう連中と関わっている盗犯係は、みんな職人のようになっていく。

もしかしたら、七飯係長は、怪盗フェイクも顔負けの特殊な能力を身につけているのかもしれない。

いや、まさかな……。

貝沼は思考を中断しなければならなかった。

玄関から第二方面本部の弓削篤郎(ゆげあつろう)本部長と、野間崎政嗣(のまざきまさつぐ)管理官がやってくるのが見えたからだ。

貝沼は立ち上がった。

弓削方面本部長が言う。

「やあ、副署長。ちょっとお邪魔するよ」

方面本部長が警察署に来るなど、そうあることではない。管理官を伴ってとなるとなおさら珍しい。

だがやはり、大森署だけは別なのだ。この二人は、かなり頻繁にやってくる。お目当ては当然、藍本署長だ。

貝沼はできるだけ表情を変えないようにして言った。

「今日はまた、どのようなご用でしょう?」

「署長と打ち合わせだ」

「打ち合わせ……？　何の打ち合わせでしょう？」

「そりゃ、いろいろと……」

弓削方面本部長が助けを求めるように、野間崎管理官のほうを見た。

野間崎管理官が言った。

「秋の交通安全運動の結果についての報告を受ける」

「あ、その件でしたら……」

貝沼は言った。「さきほど、交通部長がお見えになりましたが……」

「だから……」

弓削本部長が苛立たしげに言った。「方面本部でもそうした情報を共有しておこうと思ってな」

「でしたら、本部の交通部に行かれてはどうでしょう？」

「君はわかってないな」

「は？　わかってない？」

「交通部にある情報というのは、警察署から吸い上げたものだろう」

「そうでしょうね」

「ならば、現場の生の情報を聞いたほうがいい。だから、こうしてわざわざ警察署に足を運んでいるんだ」

これ以上いじってもしょうがない。貝沼はそう思った。

たいした用もないのに署長に会いにくるのがうっとうしいので、ちょっと嫌がらせをしただけのことだ。

「では……」

貝沼は言った。「署長の都合を訊いてまいります」

弓削方面本部長は、鹿爪らしい顔でうなずいた。頬が弛みそうになるので、わざとそんな顔をしたのだろう。

貝沼はノックして署長室に入り、言った。

「弓削方面本部長と野間崎管理官がお見えです」

「あら、お通しして」

署長は笑みを浮かべる。この笑顔に、幾多のいい年をした、そして立場のある男たちが骨抜きにされてしまうのだ。

貝沼は、弓削方面本部長と野間崎管理官を署長室に誘い、自分は外に出て副署長席に戻った。

斎藤警務課長がやってきて言った。

「お茶をお出ししたほうがいいでしょうね」

茶など出す必要はないと思ったが、相手が方面本部長となるとそうもいかない。

「頼む」

斎藤警務課長は席に戻り、部下にお茶出しを命じたようだ。

弓削方面本部長がやってくるのは毎度のことなので、もう慣れたとはいうものの、貝沼はうんざりとする。

だが、署長は嫌な顔ひとつしない。我慢しているという風ではない。誰かが会いにくると、本当にうれしそうな笑みを浮かべるのだ。

それが不思議でならない。人間なのだから、会いたくない相手だっているだろう。忙しいときに、世間話にやってこられたら腹も立つに違いない。

藍本署長は、そうした感情をおくびにも出さない。水くさいと思うこともある。貝沼は副署長なのだ。もっと本音を聞かせてくれてもいいと思うのだ。

もしかしたら、あの笑顔が本音なのではないか。あるときそう考えて、なおさら不思議な気分になった。

実際、署長はどんな相手でも拒絶することはない。それが、例の美人オーラの理由の一つであることは間違いなさそうだった。

弓削方面本部長と野間崎管理官がやってきたのが、午前十時頃のことだ。彼らはそれから三十分ほど粘っていた。

署長室のドアが開き、弓削方面本部長は、先ほどの交通部長とまったく同じような表情で出てきた。

藍本署長はやはり、署長室の出入り口のところに立ち、二人を見送っている。

斎藤警務課長がまた、慌てた様子で席を立ってきた。

弓削方面本部長と野間崎管理官が車で去っていくと、斎藤警務課長が戻ってきて貝沼に言った。

「署長誼で、今日は二組目ですね」

「午前中に二組とは、さすがに多いな……」

「これ、いつまで続くんでしょうね」

「これ？」

「署長誼でです」

「署長がおられる間、ずっとだろう」

「はあ……」

斎藤課長は、悲しそうな顔になる。

「そう長いことじゃない」

「そうですね……」

斎藤警務課長は席に戻っていった。

警察幹部の異動は早い。特に警視正以上になると、二年ほどで異動になる。たった一年で動くこともある。

警察署長もだいたい二年がいいところだ。だから、斎藤課長に言ったことは、嘘でも気休めでもない。

ふと顔を上げると、副署長席の前に見知らぬ男が立っていた。

「私に何か用でしょうか」

相手は言った。

「大森署が担当になったので、ご挨拶にと思いまして」

「記者さんですか？」

「はい。東邦新聞の長谷川梅蔵といいます」

見たところ年齢は四十代はじめだが、名前と見かけにえらいギャップがある。

「役者みたいな名前ですね」

「そうですかね。それ、初めて言われました」

「東邦新聞の今までの担当の方は？」

「あ、配置替えで……。デスクになりましたので……」

「そうですか」

「方面本部長たちが署長室から出ていかれましたよね？　何の話ですか？」

あ、こいつ油断のならないやつだなと、貝沼は思った。

「定例の報告ですよ」

「そうですか」

「挨拶ならもう済みましたよね」

「お願いがあるんですが……」

「何です？」

「署長に会えませんかね？」

あ、こいつもか。

貝沼は長谷川を見返した。

2

「署長に何の用ですか?」

「ご挨拶をしたいんです」

「名刺をいただければ、私から渡しておきます」

「できれば、いろいろとお話をうかがえればと思いまして……」

「インタビューを申し込みたいということですか?」

「インタビューというか、取材というか……」

「取材? 何の取材です?」

「方面本部長たちの前に、盗犯係長が署長と話をされてましたね?」

質問に質問で返してきた。こういう場合、人は腹に一物あるものだ。

「盗犯係長がどうかしましたか? 署員が署長に会うのは当たり前のことです」

「普通は課長が呼ばれるんじゃないですか?」

貝沼は心の中で舌打ちをした。こんなことなら、関本課長も呼んでおけばよかった。

「そうとは限りません。係長のほうが詳しい事柄があります」

「現場の話ということですよね?」

「そういうことになりますね」

「じゃあ、署長は盗犯の現場の話をなさったということですね？」

「名前の話です」

「え……？」

長谷川は眉をひそめた。「名前の話？」

「署長は、盗犯係長の名字をどう読むのか、ずっと気にかかっていたらしいです」

「あ、それ、俺も気になっていたんです。数字の七に飯という字ですよね」

「ななえと読みます」

「はあ……。そうですか」

咄嗟にごまかしたのだが、何とかこの場をしのげそうだ。

貝沼がそう思ったとき、戸高（とだか）が階段のほうからやってきた。出かけるらしい。

まだ十一時前だが、ひょっとしたら昼飯に出るのかもしれない。貝沼は声を掛けた。

「戸高。昼飯か？」

戸高は露骨に迷惑そうな顔をする。

「違いますよ。仕事です」

すると、長谷川が言った。

「あ、戸高さんですか？　ちょっといいですか？」

「誰だ、あんた」

「東邦新聞の長谷川といいます」

「記者に用はないよ」

　戸高はその場を去ろうとした。

「署長といっしょに競艇場に行ったというのは本当ですか？」

　初耳だった。貝沼は思わず戸高の顔を見ていた。

　戸高は表情を変えず、貝沼に言った。

「行っていいすか？」

　貝沼はうなずいた。

「ああ。捜査だろうが昼飯だろうが、行っていい」

「ちょっと待ってください」

　長谷川が言った。「まだ質問にこたえてもらってませんよ」

　戸高が言った。

「刑事が署内で記者の質問にこたえるわけないだろう」

「じゃあ、事実だと考えていいんですね？」

　戸高は「ノーコメント」で通してくれる。貝沼はそう思っていた。後で本当かどうかを問いただし、善後策を考えよう……。

「行ったけど、それがどうかしたか？」

　戸高がそう言ったので、貝沼は仰天した。

　長谷川が言った。

「あ、本当だったんですね」

「これ以上、俺は何も言わない」

戸高が玄関に向かう。

「それって、プライベートな時間にですか？　それとも公務中に……？」

戸高は黙って歩を進めた。

記者を突っぱねるのなら、最初から「行った」なんて発言しなけりゃいいだろうに。長谷川がこのまま済ませるとは思えない。

案の定、長谷川は貝沼に矛先を向けてきた。

「副署長もお聞きになりましたよね、今の戸高さんの返事」

ここはシラを切るしかない。

「何のことです」

「戸高さんが署長といっしょに競艇場に行ったという話です」

「ん……？　そうでしたっけ？」

「たしかにそう言いましたよ」

「私にはよく聞こえませんでしたね」

「そんなはずないでしょう」

「最近、歳のせいか耳が遠くてね」

「いくら何でもそんな歳じゃないでしょう」

「そういうのは個人差があるんです。副署長なんてやってるとね、毎日聞きたくないことを聞かなけりゃならない。だから、耳が遠くなったのは、自己防衛本能のせいじゃないのかと思っています」

「署長に会わせてください。ご本人にうかがってみます」

「冗談じゃない。そんな用事で会わせるわけにはいきませんよ」

「取材させてください」

「何の取材ですか」

「ですから、署長が戸高さんといっしょに競艇場に行ったかどうか……」

「それが何の取材なのかとうかがっているんです。取材というからには、新聞に記事を載せるつもりなのでしょう？　どういう記事を書かれるつもりですか？」

長谷川は目を丸くした。

「そんなこと、言えませんよ」

「だったらこちらも、取材を許すわけにはいきませんね」

気心の知れた記者なら、雑談に付き合ってやってもいい。だが、長谷川とは初対面だ。こうして話をする義理すらない。

ましてや、署長に取り次ぐつもりなどまったくなかった。

「刑事と署長がお忍びで競艇場に出かけた。それを、署ぐるみで隠蔽しようとしている……。そういうことでいいですね」

「いいわけないでしょう。つまらんことを言ってないで、どこかに行ってください。記者と話をしていると、他社も寄ってきてしまう」

「ねえ、署長に会わせてもらえませんかねえ」

「だめだと言ってるでしょう。第一、競艇場だの何だのって話は、いったい誰から聞いたんです?」

「ニュースソースは秘密です」

「だったらこっちもノーコメントで、署長との面会もなしです。さあ、話は終わりです」

長谷川はまだ何か言いたそうにしていたが、やがて諦めたように副署長席を離れていった。

貝沼はほっとして、書類の判押しを始めた。

戸高の競艇好きは有名だ。管内に平和島競艇場があるので、ときには勤務中にもこっそり出かけているということだ。

本人の弁によるとパトロールなのだそうだ。犯罪者の多くはギャンブルに引き寄せられる。そういう場所で張っていると、犯罪の端緒に触れることもあるし、指名手配中の犯罪者を見つけることもできる。

戸高はそう主張しているらしい。

言い訳にも聞こえるが、戸高は実績を残している。あながち彼が言うことも嘘ではないと、認めざるを得ないのだ。

だから、戸高が競艇場に行ったというのなら、まったく驚きはしない。だが、署長がいっしょだったというのだから話は別だ。

いったい、どういうことなのだろう。署長に直接訊いてみるべきだと思うが、一方で、できるだけ触れたくないという気持ちもある。

質問したらえらいことに巻き込まれそうな気がする。藪はつつかないに限る。

貝沼は溜め息をついた。

午後二時過ぎに、会計課の高畑勇一郎課長がやってきて、貝沼に言った。

「拾得物係長からお話があるのですが……」

「拾得物係長？」

橋田宗夫係長だ。四十二歳の警部補で、去年厄年だと言っていたが、彼は初めて会ったときからずっと厄年のような顔をしている。

この世の不幸をみんな背負っているかのような悲しそうな表情なのだ。つい気の毒になってしまうが、実は本人は別に不幸だとか不運だとか思っていないようだ。

「何の話だろう」

「呼んでいいですか？」

「ああ」

すぐ近くに控えていたらしい。高畑課長が声をかけると、橋田係長が姿を見せた。相変わらずぱっとしない表情だ。

「何だ？」

「押収した金についてですが、署長室に移管するということで、本当によろしかったのですね？」

「押収した金？　何のことだ？」

「詐欺事件で先日押収した金です」

「ああ、インチキ商法で全国の被害者からかき集めた金だな」

「主犯から押収した三千万円です」

「それを、署長室に移管するって、どういうことだ？」

「署長からそういう指示がありました」

なぜだろう。貝沼は疑問に思った。

「本当に署長の指示なんだな？」

「はい。『証拠物件の適正な取扱い及び保管の推進について』というお達しが、警察庁から出ておりまして、個人保管は禁止、管理責任者、保管責任者と取扱責任者を決めることになっています」

「それは心得ている。管理責任者が藍本署長で、保管責任者と取扱責任者を君が兼務しているんだったな」

「ですから、押収した金は会計課の金庫に保管していたのですが……」

「それを移管しろと……」

「そうです。ですから、こうして確認をさせていただいております」

聞いてないとは言えない。

「署長に確認しておく」

「よろしくお願いします」

「……で、金は今どこにある」

その質問にこたえたのは、高畑会計課長だった。

「ご指示のとおり、署長室の金庫に移しました」

「それはいつのことだ？」

「今朝八時頃のことです」

「あ、それで七飯係長が……？」

高畑課長が怪訝そうな顔をした。

「盗犯係長がどうしました？」

「いや、何でもない」

七飯係長の眼力恐るべしだ。

「あの……」

橋田係長が周囲を警戒するように声を落とした。「署長室の金庫を開けたときのことなんですが……」

「どうした？」

「すでに札束が入っていたのですが、あの金は何でしょう」

「札束？　署の金だろう」

「署の予算など公的な資金は主に口座に入っておりまして……」

高畑課長が言った。「現金はほとんど会計課の金庫にあります」

「他の課にも、経費精算なんかで必要な現金があるだろう」

橋田係長が言った。

「それはたいした金額ではありません。署長室の札束に比べれば」

「いったい、いくらくらいあったんだ？」

「ちゃんと数えていませんが、見たところ二千万円ほどかと……」

貝沼は眉をひそめた。

「二千万……」

「はい」

「では、詐欺犯から押収した金と合わせて、今署長室の金庫には五千万円ほど入っているということか？」

「おっしゃるとおりです」

高畑課長と橋田係長が気遣わしげに貝沼の顔を見ている。貝沼は同じ言葉を繰り返すしかなかった。

「署長に確認しておく」


五千万円か……。

七飯係長が、金の匂いがすると言ったのも勘違いではなかったということだ。

競艇場の件に金庫の金の件。もう藪蛇(やぶへび)を恐れてはいられなくなった。

午後三時を過ぎて、決裁待ちの行列が途絶えたのを見計らって、貝沼は署長室を訪ねた。

「あら、副署長。何かしら？」

「二点、質問があります」

「はい」

ほんわかしたムードに包まれる。藍本署長の周辺にはそうした雰囲気が漂っている。幸せな気分になり、難しいことはどうでもいいような気がしてくる。

これも、署長の美人オーラのなせるわざだ。

警察幹部は誰でも大きなストレスにさらされている。この署長室に彼らがやってくるのは、妙な下心があるというより、癒しを求めてのことなのではないかと、貝沼は思う。

「一つ目は、競艇場のことです」

「競艇場?」

「戸高といっしょに競艇場に行かれたということですが、事実でしょうか?」

「ああ。行ったわね」

署長があまりにあっさりと認めたので、貝沼はかえって戸惑ってしまった。

「それは、いつのことですか?」

「たしか、十九日金曜日ね」

「九月十九日ですね?」

「そう」

「平日ですね」

「金曜日ですからね」

「勤務時間中に競艇場に行ったということですか」

「ええ、そういうことになりますね」

悪びれた様子もない。

「警察幹部が勤務時間中にそういうところにいたというのは、問題です」

「そうかしら」

「マスコミに洩れています」

「洩れている？」

「東邦新聞の記者が、戸高にそのことを質問しました」

「何て質問したのかしら？」

「署長といっしょに競艇場に行ったのか、と……」

「それで、戸高は何とこたえたの？」

「行ったけど、それがどうかしたかと……」

「あら、そう」

いや、あらそうじゃなくて……。

「その記者は、署長から話を聞きたいと言っています」

「それは困るわねえ」

「そう、困るんです。何とかしないと……」

「もう一つは？」

「え……？」

「質問は二点と言ったでしょう？」

「あ、もう一つは詐欺の被疑者から押収した金についてです」

「ああ、それがどうかした？」

「会計課の金庫から、こちらの金庫に移すことを指示されたと聞きました」

貝沼は、ちらりと金庫を見た。

「たしかに」

藍本署長はうなずいた。「ここに持ってきてもらった」

「三千万円だと聞きました」

「そうね。会計課長がそう言ってたわ」

「実物をご覧になっていないのですか?」

「私が出勤する前に運び込まれたのよ。それから金庫は開けてないわ」

「問題は、そのときのことなんですが……」

「なあに?」

「橋田拾得物係長が、見たと言うんです」

「見た? 何を?」

「金庫の中に二千万円ほどあったと……」

「ああ……」

藍本署長は平然と言った。「そう。それくらい入ってたわね。だからなのよ」

「だからとおっしゃいますと?」

「署内の、あっちに三千万、こっちに二千万と散らばっていたら落ち着かないでしょう。ですから、一ヵ所にまとめておくことにしたの」

「その感覚がわかりません。リスクは分散したほうがいいんじゃないですか?」

「まとまっていたほうが、管理しやすいでしょう」

「そもそもその二千万円は、どういう金なのですか?」

「競艇の払戻金よ」

それを聞いた貝沼は目眩がしそうになった。もしかしたら、一瞬気を失っていたかもしれない。

藍本署長は相変わらず、かすかに笑みを浮かべている。貝沼は、信じられない思いでその顔を見つめていた。

3

「あの……」

貝沼は言った。「私の聞き違いでしょうか……。競艇の払戻金とおっしゃいましたか?」

「そうよ」

「二千万円も、ですか?」

「いわゆる万舟券というやつね」

「マンシュウケン……」

「万馬券という言葉は知ってるでしょう? それが競艇では万舟券」

「つまり、百倍を超える配当だったということですね」

「そう。舟券を二十万円分買っていたから配当が、二千万円を超えたということ」

「あの……」

貝沼は恐る恐る尋ねた。「その舟券を買ったのは誰ですか？」

署長は即答した。

「戸高よ」

貝沼は悲鳴を上げそうになる。

「戸高が舟券を買って、それが万舟券になり、配当金が署長室にあると……。そういう訳ですか？」

「そういうことになるわね」

「それは……」

貝沼はなんとか冷静になろうと努力していた。「それは許されることではありません」

「そうかしら」

その一言に、貝沼はここは断固抗議すべき場面だと腹を決めた。

「戸高と競艇場にいらしたのは、十九日金曜日だとおっしゃいましたね？」

「ええ」

「公務中に競艇場にいらしたことをお認めになりました」

「そうよ」

「それ自体、許されることではありません」

「そうなの？」

　そうなのとはどういうことだ。警察幹部ならば当然、由々しき問題であることはわかっているはずだ。

「以前、某県警で、留置場勤務中の巡査長がスマートフォンを使い舟券を買うなどしたとして、戒告処分を受けています」

「ああ、その話は知ってる。でも、それって、留置場勤務の際には持ち込み禁止のスマートフォンを使用したことが問題だったんじゃないかしら」

　貝沼はきっぱりとかぶりを振った。

「いいえ。勤務中に競艇をやっていたことが問題視されたのだと思います」

「見解の相違ね」

「何人の警察幹部に訊いても、私と同じこたえだと思います」

「じゃあ、訊いてみようかしら」

「いえ、問題はそういうことではなく……」

「では、何が問題？」

　貝沼はこれまで署長のことを、少々ピントがずれているかもしれないが、良識ある人物だと思っていた。

　ほんわかした雰囲気と、他人を、特に男性を惹き付ける力で、これまでさまざまな問題を見事に解決してきた。その手腕も認めつつあった。

　だが、今回はだめだ。貝沼はそう思った。

「勤務中に競艇場に出かけ、万舟券を当てるなど、もってのほかでしょう」

署長はきょとんとした顔で貝沼を見つめている。

自分の行為が非違行為だと思っていないのだろうか。だとしたら、署長としての、いや、警察官としての適性を欠いていると言わねばならない。

「もってのほか……」

署長が言った。「何がもってのほかなのか教えてちょうだい」

貝沼は大きく深呼吸してから言った。

「では、それを説明するために、詳しく事情をお聞かせいただきます」

「いいわよ」

「勤務時間中に、署長と戸高は平和島競艇場に出かけた……。間違いありませんね」

「間違いない」

「そこで戸高が二十万円分の舟券を買った。そうですね?」

「そう」

「その舟券が万舟券となり、配当が約二千万円になったのですね?」

「ええ、そうよ」

貝沼は確認を取りながら、どうして署長はそれを問題視しないのだろうと、不思議に思っていた。もしかしたら、自分のほうがおかしいのか。そんな気持ちにすらなってくる。

貝沼は少々混乱してきた。これも署長マジックなのかもしれない。

「あの……。どうしてもわからないことがあるんですが……」

「何かしら」

「舟券を買ったのは戸高なんですよね。なのに、どうしてその払戻金が署長室にあるんです？」

「ここに金庫があるからよ。刑事課に置いておくより安心でしょう」

「刑事課……。とんでもない」

そう言ってから、さらに尋ねた。「でも、なぜなんです？」

「何が？」

「戸高が舟券を買って、払い戻された金なんですよね。どうして戸高が持ち帰らず、署にその金があるんです？」

「あら、副署長は戸高に二千万円を渡したいわけ？」

「いや、渡したいとか渡したくないとかじゃなくてですね……。もともとは戸高の金なわけじゃないですか」

「んー。そうでもないのよね」

「そうでもない……？　二十万円は戸高が払ったんでしょう？」

「人から預かったお金なのよ」

貝沼は仰天した。

「ノミ行為ですか」

「ちゃんと舟券を買ったんだから、ノミ行為には当たらないでしょう。代理で買っただけよ」

「誰から預かった金なんですか？」

「それは言えないんです」

「言えない……」

「そう。言えない」

「じゃあ、その人物はなぜ戸高に金を預けたんです？」

「どの舟券を買うか、戸高に選んでもらったわけよ」

「それで、戸高が見事に万舟券を当てたというわけですか？」

「そういうこと」

「信じられない……」

「ちょっと裏事情があって……」

「裏事情？　どんな事情です？」

「それも言えない」

「まさか……」

貝沼の脳裏を最悪の想像がよぎった。「八百長……」

「あら」

署長が目を丸くする。「副署長、なかなか鋭いわね」

再び目眩がした。

「待ってください」

貝沼はまず、呼吸を整えた。「戸高が八百長に関与して万舟券を入手したということですか？」

「関与というか、まあ、関係したのは事実だけど……」

貝沼は、自分の顔が真っ青なのを自覚した。脂汗まで滲んできた。

「クビが飛びますよ……」

貝沼はうわごとのように言った。

「まず、署長は間違いないでしょう。戸高は逮捕されることになります。署長だけでは済まないでしょうね。へたをすると、警視総監まで巻き込みかねません。いや、警察庁長官も……」

「そうかしら」

「そうです」

貝沼は低い声で言った。「警察というのは、そういうところです」

ショックなことがあると、人間は叫んだり喚いたりする。だが、さらに恐ろしいことがあると逆に声をひそめることもある。

署長はそれでも笑みを浮かべている。

「副署長は心配性ね」

ここまで来ると、署長の感覚がまったく信じられなくなった。

ノックの音がして、貝沼は、はっとした。

「どうぞ」

署長の声に促されてドアが開く。

斎藤警務課長だった。

「あの……。捜査二課長がお見えですが……」

「あ、三時半の約束だったわね。時間通りだわ。お通しして……」

警視庁刑事部捜査第二課の課長、日向玲治が入室してきた。本部の課長だが、まだ若い。たしか日向課長は三十八歳だ。

キャリアの警視正なのだ。

ノンキャリアだと、警視正まで登り詰める者はほとんどいない。行けたとしても五十代の退官間際だ。だが、キャリアは三十代で警視正になる。

そして、知能犯や選挙違反を取り締まる捜査二課の課長は伝統的にキャリアだ。

紺色の背広をきっちりと着こなしている。髪は短めに整髪されており、縁の細い眼鏡をかけている。実に捜査二課らしいたたずまいだ。

つまり、インテリっぽいのだ。顔つきや態度はきわめて理性的だ。

もしかして、この人なら署長の魔力に惑わされたりしないのではないか。貝沼はそんなことを思っていた。

「わざわざお越しくださり、恐縮です」

署長が言うと、日向課長は冷静な声音でこたえた。

「いえ。こちらの署に一度来てみたいと思っておりました」

「あら、そうなんですか?」

「幹部が入れ代わり立ち代わり、こちらを訪れているという噂ですから……」

「入れ代わり立ち代わりというのはおおげさですね。ええと、ひなた課長でよろしいかしら？」

「ひゅうがと読みます」

「失礼しました、日向課長。では、さっそく本題に入りましょう」

貝沼は二人に礼をした。

「では、私はこれで……」

貝沼が署長室を退出すると、二人は何やらやり取りを始めた。他の幹部が訪ねてきたときなどは、ドア越しに笑い声が聞こえてきたりするのだが、日向課長の声はまったく聞こえない。

署長と日向課長のやり取りは、貝沼にはどこか秘密めいて感じられた。

二十分ほどすると、署長室のドアが開いて、日向課長が出てきた。その顔を見て、貝沼は思った。

ああ、この人もか……。

日向課長の表情が、だらしなく弛んでいた。エリートキャリアも署長の魔力には勝てないらしい。


日向課長を送り出した十分後、面倒臭いやつがやってきた。

麻薬取締官の黒沢隆義（くろさわたかよし）だ。

「何だよ。こちとら厚労省だよ。お迎えのひとつもないの？」

玄関で偉そうに大声を出している。斎藤警務課長が慌てた様子で出てきて、黒沢に言った。

「何ですか。ここで大声は困ります」

「何だよ、あんた」

「警務課長です」

「警部か?」

「はい」

黒沢は、ふんと鼻で笑った。「地方警察の警部ごときが、厚労省にがたがた言うんじゃねえよ」

「何かご用ですか?」

「用がなきゃ、地方警察の所轄みたいなチンケなところに来るかよ」

相変わらず、ぞくぞくするほどの憎まれ口だ。

斎藤課長が手を焼いているので、貝沼は席を立ち、黒沢に近づいた。

「久しぶりじゃないか」

「ん……? ああ、副署長か」

「元気そうだな」

「元気もクソもあるか。こちとら重い荷物を持ってるんだ。さっさと用を済ませたい」

見ると彼は、ジュラルミンのケースをぶら下げている。何が入っているか知らないが、たしかに重そうだった。

「……で、その用というのは?」

「署長に会いにきたんだ」

「署長に?」

「アポは取ってあるよ」

貝沼は斎藤課長に尋ねた。

「聞いているか？」

「いえ……。四時に、組対部の馬渕課長がお見えになるのは聞いておりますが……」

「え？　馬渕……」

組対部薬物銃器対策課の馬渕浩一課長は、黒沢の天敵だ。二人とも実に嫌なやつで、それが言い合いを始めると、これが見事な憎まれ口の応酬だ。聞いていて思わずうっとりとしてしまうほどだ。

黒沢がしかめ面で言った。

「いいから、早く署長に取り次いでくれよ」

貝沼はうなずいた。

「いいだろう」


署長に会ったとたん、黒沢の態度が一変した。彼は姿勢を正し、それまで憎々しい仏頂面だったのに、愛想笑いを浮かべはじめた。

「藍本署長。またお目にかかれて、心からうれしく思います」

「あら、私もよ、黒沢さん」

この一言で、さらに黒沢の頬が弛む。

そこに、慌ただしく馬渕課長が到着した。

「申し訳ありません。遅くなりました」

黒沢が馬渕課長に言う。

「ふん。来ることないのに」

「あんたみたいな素人に、警察署内をふらふらしてほしくないんでな」

黒沢がほくそ笑む。

「素人はどっちだよ。あんたらは、地方公務員らしく都内のことだけ考えていればいいんだよ」

やはりこの二人の言い合いは、ぞくぞくする。貝沼がそんなことを思っていると、署長が言った。

「じゃあ、さっそく用を済ませてしまいましょう」

黒沢が、馬渕課長と話をするときとは別人のように愛想よく言った。

「わかりました。では、人払いを……」

署長が貝沼を見た。

「すみません、副署長。極秘の用があるので……」

「かしこまりました」

貝沼は一礼して、署長室を出た。

黒沢と馬渕課長の言い合いをずっと聞いていたかったが、そうもいかない。

席に戻ると、斎藤課長が近づいてきた。

「あいつ、嫌なやつですね」

「麻取りの黒沢か？　そうだろう。だがな、馬渕課長も負けてないんだ」

「馬渕課長も厭味な方ですからね。ところであの二人、何の用でしょう」

「知らん。私は追い出された。極秘の用があると、署長は言っていた」

「麻取りと薬銃（ヤクジュウ）ですから、麻薬・覚醒剤の事案ですかね……」

「ヤクジュウ？　薬物銃器対策課のことをそう略すのか？　聞いたことがないぞ」

「組織犯罪対策部がソタイでしょう？　だから、薬銃かと思って」

「たしかに警察では何でも略すな。しかし、薬銃はないだろう」

「そうですかね。誰かが言いはじめればすぐに定着しますよ」

「そうかもしれんが……」

今はそれどころではなかった。

署長のクビが飛ぶかもしれないのだ。そして、戸高は逮捕される恐れがある。

貝沼は斎藤課長に言った。

「関本刑事課長を呼んでくれないか」

「承知しました」

斎藤課長が去っていくと、貝沼は署長室の中のことが気になって落ち着かなかった。中で何を話しているかも、もちろん気がかりだったが、それより黒沢と馬渕課長の憎まれ口の応酬を聞きたかった。

二人の、実に腹立たしい台詞のやり取りは、芸の域に達していると貝沼は思っていた。

「お呼びだそうで」

そこに関本刑事課長がやってきた。

貝沼は言った。

「さっき、捜査二課長が署長を訪ねてきた」

「日向課長ですか？」

「何か聞いてるか？」

「いいえ……」

「わざわざ署まで足を運んできたんだ。二課絡みの事案を、わが署が抱えているんじゃないのか？」

「二課絡み……？　ゴンベンかサンズイですか？　さて、本部の課長が出張(でば)るような大きな事案はないはずですが……」

ゴンベンは詐欺事件、サンズイは汚職事件のことだ。

「確かか？」

「ちょっと前にはありましたよ。例の三千万円押収した件です」

「他には？」

「ありません」

「何か忘れてないか？　例えば、八百長とか……」

「八百長？」

関本課長が眉をひそめる。「心当たりはありませんが、副署長、何かご存じなのですか？」

「いや、そうじゃない。思いつきで言ってみただけだ」

関本課長がかぶりを振った。

「そういうの、今は扱ってないと思います。日向課長も、どうせ例の署長詣でなんじゃないですか?」

「日向課長がそういうタイプだと思うか?」

「署長詣では、タイプなんて関係ないですよ」

「まあ、そうかもしれんが……」

貝沼は、署長室を出るときの、日向課長らしくない弛んだ表情を思い出した。

「わかった。呼び立ててすまなかった」

「誰かに訊いてみましょうか?」

「訊いてみる?」

「ええ。日向課長が何をしにうちの署にやってきたか……」

「いや、いい」

貝沼はこたえた。藪蛇になってはまずい。「君が言うとおり、ただの署長詣でだろう。忘れてくれ」

「はあ……。では、失礼します」

関本課長が礼をして去っていった。

4

貝沼は「ああ、そうか」とつぶやいていた。日向二課長は、詐欺事件の件でやってきたのか……。

押収した金は、被害者たちに返却されることになるのだろう。そのための、署長と日向課長の話し合いだったのかもしれない。

戸高の八百長の件ではなかったのだ。希望的観測かもしれないが、そう思うことで、貝沼は少しだけ気が楽になった。

関本課長は何か勘づかなかっただろうか。なにせあいつは刑事課長だから……。貝沼は考えた。

しかし、「八百長」と言っても、たいした反応を示さなかった。ということは、戸高が八百長に関係したことは、まだ知らないに違いない。

さて、どうしたものか……。

現時点で最大の問題は、東邦新聞の長谷川だ。彼は、署長が戸高といっしょに競艇場に出かけたことを知っているようだ。

戸高にそのことを尋ねたということは、まだ確証はないのだ。それがせめてもの救いだが、おそらく彼は、しつこく聞き回るだろう。

副署長は署のマスコミ対応を担っているので、記者と日常的に顔を合わせなければならない。当然だが、長谷川とも接触しなければならないのだ。

戸高が八百長絡みで万舟券を手に入れたことを、長谷川が嗅ぎつけるのは時間の問題だと思われた。

そうなれば、署長の責任も問われることになる。なにせ、署長室には払戻金の二千万円がある。長谷川が金の流れを追えば、二人のやったことはすぐにわかってしまう。

貝沼は頭を抱えたくなった。もし、副署長席が署長席のように個室にあったら、実際に頭を抱えていただろう。

眉間に深くしわを刻んで、机上を見つめていた貝沼は、はっと顔を上げた。

まだ何のおとがめもなく署長室にいるということは、署長の行いはまだ警察幹部には知られていないということだ。

少なくとも、署長の懲戒を決める立場の人物には知られていない。

日向捜査二課長は知っているのだろうか。署長室を出るときの彼の表情からすると、まだ知らない可能性が高い。

だが、捜査二課は八百長なども担当する。日向課長が詐欺事件絡みで署に出入りするうちに、戸高のやったことを知るかもしれない。すると、それが上層部に伝わる。

そして、署長は処分されるのだ。

貝沼はまた、頭を抱えそうになった。

机上の警電が鳴った。内線だった。

「はい。貝沼」

「すみません。署長室まで来てもらえます?」

署長の声だ。

「はい。ただいま」

電話を切ると貝沼は、すぐに署長室を訪ねた。

「だから、厚労省の仕事なんだから、地方警察は黙ってろって言ってるだろう」

その黒沢の言葉に、馬渕課長がこたえた。

「ふん。組織力も機動力もないくせに、偉そうなこと言ってんじゃないよ」

「偉そうなんじゃない。実際に偉いんだよ。おまえら東京都の警察と違ってな」

「実力じゃ警察にかなわないから悔しいんだろう」

「地方公務員のひがみだな」

署長は席にいて、二人のやり取りを穏やかな表情で眺めている。

貝沼は署長に言った。

「何かご用でしょうか」

「あら、副署長。まあ、ソファに座ってよ」

「いえ。このままでけっこうです」

「黒沢さんが、ある荷物を運んできてくれました」

署長席脇の棚の前に、ジュラルミン製の大きなケースが置いてあった。黒沢が持ってきたものに違いない。

「黒沢麻薬取締官が持ってきたものとはいったい何でしょう」

「知らないほうがいいと思うんだけど……」

「そうは参りません。副署長ですから、署内のありとあらゆることを知っていなければならないと思います」

署長は席を立ち、黒沢が持ってきたジュラルミンのケースを机の上に載せた。黒沢が玄関にいるとき、それは重そうに見えたが、今は軽そうだった。

署長がそのケースを開いた。

貝沼は注目した。

「空ですね……」

どういうことだろう。貝沼は戸惑った。署長は無言で机の後ろから出てきて、金庫に近づいた。そして、かがみ込むと金庫の解錠を始めた。

古風なダイヤル式ではない。扉にテンキーがついており、それで暗証番号を打ち込むのだ。頑丈な扉が開いた。中には一万円の札束がぎっしりと並んでいた。

「え……」

貝沼の眼はしばしその札束に釘付けになった。

金庫の中には、戸高の万舟券の払戻金約二千万円と、詐欺の主犯から押収した三千万円、計五千万円が入っているはずだった。

だが、見たところ五千万円どころではない。その倍はある。

貝沼はうろたえながら、署長に尋ねた。

「これはいったい……」

署長がこたえる前に、黒沢が言った。

「まったくたまげたね。警視庁の所轄って、こんなに金を持ってるんだ」

それに対して、馬渕課長が言う。

「厚労省、厚労省と偉そうに言ってるが、麻取りは弱小部門だから、予算なんかほとんど回って来ないいんだろうな」

署長が貝沼の問いにこたえた。

「このうちの五千万円は、黒沢さんが持ってきたのよ。あのケースに入れて……」

署長の机の上にあるジュラルミンのケースだ。

「いったい何の金なんです？」

黒沢がこたえた。

「それは秘密だ」

「秘密……？」

「……と言いたいところだが、預かってもらう手前、そうも言っていられないから、説明するよ。これ、囮捜査のための見せ金だよ」

貝沼は思わず聞き返した。

「見せ金……？」

「そう。南米の麻薬カルテルの密売人が日本に上陸して、販路を作ろうとしている。やつらと

接触して取引を持ちかけるんだ。そのときの見せ金だ。取引の現場を押さえて一網打尽という
計画さ」

　貝沼は馬渕課長を見た。

「薬銃も一枚噛んでいるのか？」

「何ですか、そのヤクジュウって。やめてくださいよ」

「薬物銃器対策課が関わっているのか？」

「我々が実動部隊ですよ。麻取りだけじゃ何もできません」

　すると、黒沢が言う。

「別にあんたらがいなくてもいいんだけどね。俺たちのやり方を勉強したいっていうなら、手伝わせてやってもいい」

「泳がせ捜査しか知らないあんたらに、学ぶことなんてないな」

　ああ、やっぱりこの二人のやり取りは、傍で聞いていても腹が立つくらい厭味ったらしい。

「しかし……」

　貝沼は言った。「麻取りの金が、どうしてこの金庫の中にあるんだ？」

　黒沢が言った。

「しばらく預かってもらおうと思ってね」

「厚労省だろう？　保管場所くらいいくらでもあるんじゃないか？」

「そりゃあるけど、見せ金とかは取締官が自分で管理しなけりゃならないんだ」

　馬渕課長が皮肉な口調で言った。

「たいそう面倒見がいいんだな」

それに黒沢がこたえる。

「警察と違って、個々の取締官の能力が高いから信頼されているんだよ」

貝沼は質問を重ねた。

「取締官個人が管理するというのは理解できなくもない。だが、それがこの署長室にある理由がわからない」

馬渕課長が言う。

「こいつが泣きついてきたんですよ。五千万円もの金を持ち歩くわけにもいかないし、どこか安心して保管できるところはないか、と……。銀行に持っていけと言ったんですが、銀行はまずいと……」

「銀行に記録が残ると、金の出所がばれる恐れがあるので……」

貝沼は言った。

「ネットバンキングとか使わず、現金で持ち込めばだいじょうぶだと思うが……」

黒沢がかぶりを振る。

「南米の麻薬カルテルをなめちゃいけない」

「それで……」

馬渕課長が言った。「大森署の署長室はどうかと言ったんです」

「なぜだ」

貝沼は言った。「なぜこの署長室だったんだ?」

「だってここ、とんでもないものを預かっていたことがあるでしょう？」

たしかに、かつてここには小型核爆弾の疑いがある物が持ち込まれたことがあった。大森署が核武装したなどというとんでもない噂が流れたものだ。

「だからといって、麻取りの金を預かる理由にはならない」

黒沢が言った。

「厚労省だと、何かと面倒なんだよ。なんせ、警視庁なんかと違って、『省』だからな」

人にものを頼む態度ではない。そう思いながら、貝沼はこたえた。

「警視庁が『省』の金を預かるいわれはないな」

「ここに持ってこようと言い出したのは、薬銃課長なんだから、警視庁で責任持てよ」

馬渕課長が言った。

「だから、そのヤクジュウっての、やめろよ。なんだか、肉汁か怪獣みたいだ」

「だって、副署長がそう言ったじゃないか」

「いいから、やめろ」

貝沼は馬渕課長に言った。

「泣きつかれたと言ったね。だったら、薬物銃器対策課で預かったらどうだ？」

馬渕課長が顔をしかめた。

「本部は、厚労省と変わらないくらいに、いろいろと手続きが面倒です。役所ですからね」

「手続きが面倒なのは、所轄も同じだよ」

「そこは、署長の裁量で何とかなるんじゃないですか」

「とにかく、こんなやつの金を課で預かるのは嫌なんです」

黒沢が言い返す。

「俺だって、あんたに金を預けるのは嫌だよ」

「ふん。泣きついてきたのは誰だ」

「いいじゃない」

署長が言った。その声に、三人の男が沈黙し、彼女を見つめた。

「金庫があるんだし、どうせ五千万円入っていたんだし……」

黒沢が言った。

「そうそう。金をしまうときに見えたんだけど、すでに同じくらいの札束が入っていたんでびっくりしたんです」

馬渕課長が怪訝そうな顔で言う。

「所轄って、そんなに現金を抱えているもんなんですか？」

署長が何か言うと危険だと思ったので、貝沼が先に言った。

「普通はそんなことはありませんよ。それは馬渕課長もご存じのはずです」

「じゃあ、金庫にあった金は何なのですか？」

「押収した金とか、いろいろ……」

「押収……？　何の件で？」

「詐欺事件です」

「五千万円も押収したんですか？」

馬渕課長がさらに尋ねる。

こいつ、しつこいな。貝沼は、心の中で舌打ちをした。

「ええ、まあ、そういうことですが、何か？」

「それを、会計課とかじゃなくて、署長室にしまっているのですか」

「ええ」

署長がこたえた。「私が管理責任者ですから」

馬渕課長も署長には強く出られない。「あ、そういうことですか」と言ったきり黙った。

署長が貝沼に言った。

貝沼はこたえた。

「黒沢さんのお金をここで預かったことを、知っておいてもらいたくて呼んだんです」

「承知しました」

納得したわけではない。言いたいことはたくさんある。だが、この場はそうこたえるしかない。

黒沢が貝沼に言った。

「じゃあ、頼むよ」

「待ってくれ」

貝沼は慌てて言った。「いつまで預かればいいんだ？」

「これから取引の段取りを組む。なに、そう先のことじゃないよ」

それから黒沢は署長に「では、失礼します」と言った。

彼は名残惜しそうに署長室を出ていった。それに続き、馬渕課長も退室した。

貝沼は署長に言った。

「ここに一億円もの現金があることになりますね」

署長は平然とこたえる。

「そうね。お金がお金を呼ぶというのは本当のことみたいね」

「私は気が気ではありません」

「あら、どうして?」

「金庫の金に万が一のことがあったらと思うと……」

「万が一のことって?」

「盗難とか……」

「ここをどこだと思ってるの?」

「は……?」

「警察署長室よ。ここに盗みに入る人がいると思う?」

「どうでしょう……」

「あり得ないんじゃないかしら」

「外から盗みに入るとは限りません」

「どういうこと?」

「内部犯行とか……」

「あら、署員を疑うの？」

「警察官は疑うことが仕事ですから」

「違います」

署長がきっぱりと言った。

「え……？　何が違うのでしょう」

「警察官の仕事よ。疑うことが仕事なんじゃありません。信じて、信頼されることが仕事なんです」

「何を信じて、誰から信頼されるのですか」

「正義を信じ、市民から信頼されるのです」

貝沼は、妙に感動していた。

他の誰かが言ったのなら笑ったかもしれない。だが、署長の口から聞くとなぜかストレートに心に響いた。

「盗難などの心配がないにしても……」

貝沼は言った。「払戻金のことなどが明るみに出たらどうなるか心配です。すでに、東邦新聞の長谷川という記者が、署長と戸高が競艇場に出かけていることを嗅ぎつけているのです」

署長は笑った。

「副署長は、本当に心配性ね」

「いいえ、私は普通だと思います」

署長が普通ではないのだ。

「戸高のことは心配しなくていいから」

「そうはいきません」

「だいじょうぶだって」

「一つ、確認させていただいてよろしいですか?」

「なあに?」

「日向二課長がいらしてましたが、ご用件は詐欺事件で押収した金についてでしょうか」

「いいえ、そうじゃないわ」

貝沼は急に不安になった。

「では、日向課長はどんな用でいらしたのでしょう」

「戸高が二十万円分の舟券を買った件についてよ」

後頭部を殴られたような衝撃を感じた。

「日向課長はご存じなのですか」

「ご存じよ」

貝沼は自分の呼吸が荒くなるのを感じていた。

「まさか、八百長については……」

「それもご存じよ」

終わった。

貝沼はそう思った。キャリア課長は、所轄の非違行為を見逃したりはしないだろう。今頃すでに上層部に話が伝わっているかもしれない。早晩、処分ということになるだろう。

「だいじょうぶ？」

署長が言った。「顔色が悪いわよ」

このまま倒れて入院してしまいたい。できれば永遠に。

貝沼は、額に汗を浮かべてそんなことを考えていた。

5

どうやって自分の席に戻ったのかわからなかった。気がついたら貝沼は、副署長席で呆然と宙を見つめていた。

捜査二課長が、戸高の八百長のことを知っている。戸高も署長も無事で済むはずがない。貝沼は、足元がガラガラと音を立てて崩れていく幻影を見ていた。

日向二課長は署長といったいどんな話をしていったのだろう。「追って沙汰をするから、首を洗って待っていろ」とでも言ったのではないか。

そして今頃、日向課長は上の参事官か部長に相談し、それがいずれは監察官か、それを統括している警務部の誰かに伝わるのだろう。

貝沼は途方に暮れていた。何をどうしていいのかわからない。

いつしか終業時間が過ぎていた。

まだ、藍本署長は署長室の中だ。

署長室の金庫には約一億円もの金が入っている。そして、そのうちの二千万円は、現職の警察官が八百長で稼いだ金だ。

それを思うと、貝沼はとても帰宅する気になれなかった。署長室のことが心配でならないのだ。

帰宅する署員たちの中に、盗犯係の七飯係長の姿があった。

貝沼は、彼を呼び止めた。

副署長席にやってきた七飯係長が言った。

「何でしょう?」

「帰宅するのか?」

「はい」

「盗犯係はいつも多忙なんじゃないのか?」

「事件がなければ、早く帰りますよ」

「そうか。そんな日もあるんだな」

「そんな日もあります」

貝沼はしばらく考えてから言った。

「ちょっと見てもらいたいものがある」

「何でしょう」

「いっしょに来てくれ」

貝沼は立ち上がり、署長室のドアをノックした。返事を聞いてから開けた。

「あら、副署長。まだいたの？」

「署長より先に帰れません」

「そんなこと、気にしなくていいのに……。いっしょにいるのは、七飯係長？」

貝沼が入室すると、それに七飯係長が続いた。

「七飯係長の意見を聞きたいと思いまして」

「何の意見？」

「金庫の中身についてです」

「それは秘密なんですけど……」

「彼の口は堅いですよ。それに彼の意見は貴重です」

七飯係長が言った。

「いったい何事なんです」

貝沼は言った。

「署長室は金の匂いがすると、君は言ったな」

「ええ……」

貝沼は、署長に言った。

「彼に見せてやっていただけませんか？」

「金庫の中身を？」

「はい」

「本当に口が堅い？」

「はい」

「わかったわ」

署長は席を立つと、金庫の前にやってきて、テンキーで暗証番号を打ち込んだ。ハンドルをひねって重厚なドアを開く。

七飯係長は、署長が金庫を開ける様をぼんやりと眺めている。貝沼は彼の顔を見つめていた。

その表情は、金庫の中の札束を見てもほとんど変化しなかった。

貝沼は七飯係長に言った。

「どうだ？」

「え……？」

七飯係長が聞き返す。「どうだって、何がです？」

「この金を見てどう思う？」

「どうりで金の匂いがするはずだ……。そう思います」

「君が金の匂いに気づくということは、プロの窃盗犯も気づくんじゃないのか？」

「ここに近づけば気づく盗っ人もいるでしょうね」

「署長は、警察署長室に忍び込む泥棒なんていないとおっしゃる。それについてはどう思う？」

「おっしゃるとおりだと思いますよ。盗っ人ってのは、危険に敏感なんです。警察署長室に忍び込むなんていう危ない橋を渡るやつはいません」

藍本署長が貝沼に言った。

「ほらね。盗犯係長がこう言うんだから、心配ないわよね」

「ただし……」

七飯係長が言った。「それは、普通の盗っ人の話でして……」

「普通の盗っ人？」

藍本署長が聞き返す。「普通じゃない盗っ人がいるということね？」

「います」

「怪盗フェイクのような……」

「はい」

署長はとたんにうれしそうな顔になった。

「怪盗フェイクがこの部屋にやってくるということ？」

七飯係長が咄嗟にこたえられない様子なので、貝沼は言った。

「例えば、の話です。例えば、怪盗フェイクのような普通ではない窃盗犯が、この札束を狙わないとも限らない、ということです」

「でも……」

署長が言う。「ここにお金があることは秘密よ。窃盗犯たちが知るはずはない」

すると七飯係長が言った。

「少なくとも、署長や副署長、そして私は知っています」

「え……？」

「誰かが知っていれば、情報は洩れるものです」

金庫に一億円が入っていることは、麻取りの黒沢や薬物銃器対策課の馬渕課長も知っている。

そして、会計課の高畑課長や拾得物係の橋田係長も、ここに現金があることを知っているのだ。

麻取りや警察官が情報を窃盗犯に洩らすとは考えられない。だが、考えられないことがしばしば起きるのだ。

七飯係長が言ったように、どこからか情報は洩れるものなのだ。

「じゃあ……」

署長が言った。「例えば、の話じゃなくて、怪盗フェイクがここに来るかもしれないのね？」

七飯係長はうなずいた。

「可能性は否定できません」

「じゃあ、チャンスね」

「チャンス……？」

「そう。七飯係長が怪盗フェイクを捕まえるチャンス」

「おっしゃるとおりです」

七飯係長が言う。「なんとか捕まえてご覧に入れたいですね」

貝沼は七飯係長に言った。

「安請け合いしていいのか？　そう簡単じゃないだろう」

「簡単ではありません」

七飯係長が言った。「しかし、署長室に入った窃盗犯を捕まえられなかったとなれば、盗犯係の名折れです。もし、怪盗フェイクがやってきたら、腹を切る覚悟で事に当たります」

「頼もしいわ」

署長が言った。「でも、本当に腹を切ったりしないでね」

署長が金庫を閉じると、貝沼と七飯係長は退室した。

副署長席までやってくると、貝沼は言った。

「本当に情報は洩れるかな……」

「洩れます」

七飯係長が言った。「面白い話はつい人に伝えたくなりますし、マスコミもばかではありませんので」

「これが面白い話かな……」

「署長室に札束がうなっているなんて、面白い話じゃないですか」

「それがどういう金か気にならないのか？」

「なりません。私の役目は盗みに来たやつを捕まえることですから」

「わかった。金のことはくれぐれも内密にな」

「私から情報が洩れることはありません」

貝沼がうなずくと、七飯係長は礼をして玄関に向かった。

翌朝は気持ちのいい秋晴れだった。もしかしたら、事態が好転するかもしれない。そんな期待を抱きたくなる天気だったが、署にやってきたとたんに、そんな気持ちは吹っ飛んだ。

斎藤警務課長が、新聞を片手に駆け寄ってきた。

「記事をご覧になりましたか?」

「記事?　何の記事だ」

斎藤課長が手にしていた新聞を差し出す。スポーツ新聞だった。第一面はめくってあり、三面が最初のページになっている。

貝沼の眼は釘付けになった。そこにはこんな見出しがあった。

『万舟券が警察官に?』

視野がだんだん小さくなっていくような気がした。あまりの衝撃に、脳が活動を拒否している。

斎藤課長が言った。

「副署長。だいじょうぶですか?」

貝沼はこたえた。

「だいじょうぶじゃない。何だ、この記事は……」

「私には何のことかわからないのですが……」

そうだ。斎藤課長は、戸高が万舟券を当て、その配当金が署長室の金庫に入っていることを知らない。

「私だって知らない」

貝沼は言った。

「万舟券というからには、競艇なんでしょうね。平和島ですか……」

「知らんと言ってるだろう」

「戸高に訊けば、何かわかるかもしれませんね」

貝沼は、はっとした。

「戸高にマスコミを近づけるな」

「そう言われましても……。マスコミ対応は副署長のお役目ですよね」

「とにかく、何がどうなっているのか、ちょっと調べてみる」

「わかりました」

斎藤課長が去っていくと、貝沼はその記事を読みはじめた。九月十九日のボートレースで、万舟券が出た。幸運を射止めた人々の中には、現職の警察官もいたようだ。それが記事の主旨だ。

大森署の名前は出ていない。もちろん、戸高の名前もだ。

記事を読み終えて、少し落ち着いた。どうでもいい噂話程度の内容だ。最悪の事態ではなさそうだ。

これなら、知らんぷりをしていれば、何も起きないかもしれない。貝沼は、そのスポーツ新聞をひきだしの中に入れた。

署長は記事のことを知っているだろうか。確かめてみようか。そう思っていると、玄関のほうから、弓削第二方面本部長と野間崎管理官が近づいてくるのが見えた。

　一気にまた気分が重くなった。

「方面本部長。何かご用でしょうか？」

　貝沼が尋ねると、弓削方面本部長は言った。

「この記事のことについて訊きたい」

　例のスポーツ新聞だった。

「この記事が何か……？」

「何かじゃない。万舟券といったら、競艇だろう。これ、大森署のことじゃないのか？」

　貝沼はポーカーフェイスでいくことにした。

「どうしてそんなことを思われたのです？」

「大森署管内に平和島があるだろう」

「競艇場は、平和島以外にもありますよ」

「そりゃそうだが……」

「新聞にはどの警察署か書いてありませんよね。都内には平和島の他に、多摩川や江戸川に競艇場があります。もしかしたら、埼玉の戸田かもしれない……」

　弓削方面本部長は引かない。

「しかしね、第二方面本部の管轄内に平和島があるんだから、これはいちおうチェックしないと……。署長から話を聞きたいんだが」

　どうせ、署長に会いたいだけだろう。貝沼はそう思いながら言った。

「署長とアポは取られましたか？」

弓削方面本部長は、むっとした顔でこたえる。

「方面本部長にアポを取れと言うのか」

「そのほうがスムーズに面会できます」

「いや、アポなど取っていない」

「では、少々お待ちください。署長の都合を訊いて参ります」

貝沼は立ち上がり、署長室のドアの前に立った。そっと溜め息をついてから、ノックした。

「はあい。どうぞ」

いつもの署長の声だ。

「失礼します」

貝沼は入室して、弓削方面本部長と野間崎管理官が来ていることを告げた。

「あら、何の件かしら」

「スポーツ新聞に万舟券のことが載っていました」

「万舟券は、スポーツ紙のネタになるわね」

「その万舟券を当てたのが警察官かもしれないと、記事にありました」

「へえ……。それって、うちのことかしら？」

「さあ、それはわかりません。ですが、弓削方面本部長は疑っている様子です」

署長はしばらく考えてから言った。

「いいわ。お通しして……」

貝沼が署長室に招き入れるととたんに、弓削方面本部長の表情が変わった。目尻が下がって頬が弛む。

野間崎管理官も同じような顔になる。

「署長。ちょっとお邪魔しますよ」

弓削方面本部長が言うと、署長はほほえんだ。

「いつでも大歓迎ですよ」

これが社交辞令に聞こえないから怖い。

弓削と野間崎をソファに座らせ、自分も席から移動した。貝沼は、経緯を見守りたかったので、署長に言った。

「私も同席させていただいてよろしいでしょうか?」

弓削が何か言う前に、署長が言った。

「そうしてください」

弓削が例のスポーツ新聞をテーブルの上に置いて言う。

「こんな記事が載るとですね、我々は確認しなければならないんです。いえ、まさか、これが大森署のことだとは思っていませんよ。確認です、確認」

署長は「失礼」と言って新聞を手に取り、記事を読みはじめた。その間、弓削と野間崎は無言で署長の顔を見つめていた。

見つめているというより、見とれているような表情だった。

署長が新聞をテーブルに置き、眼を上げた。

「万舟券って、配当が一万円以上の舟券のことですね？」

弓削がこたえる。

「はい、そうです」

「百円買って一万円……」

「ええ」

「警察官が一万円稼いだって、別に問題はないでしょう」

「買った舟券が百円とは限りません。仮に百倍ついたとして、一万円買っていたら、百万円です」

「それが何か……」

「いえ……」

弓削は野間崎と顔を見合わせた。「警察官がギャンブルはまずいでしょう」

「公営ギャンブル、つまり公営競技はすべて違法性が阻却されているはずです」

「は……？」

「すべての競技に根拠となる法律があって、違法ではないということになっているはずです」

「それはそうですが……」

「でしたら、誰でも馬券や舟券を買うことができるんじゃないかしら」

「そういうことになっていますが……」

「警察官が馬券や舟券を買っても、違法にはならないということですよね」

「違法ではありません」

弓削はうろたえ気味に言った。「ですが、やっぱり警察官がギャンブルというのは……」

「公営競技が趣味の警察官は、日本中に大勢いるんじゃないかしら」

「そうかもしれませんが……」

「だったら、それを禁止にしますか？」

弓削は再び野間崎の顔を見た。野間崎が言った。

「ですが、こういう形で新聞に載るというのは望ましくないことだと思います」

「見出しの最後にクエスチョンマークがついていますよね？」

二人は同時に新聞に眼をやる。野間崎が言った。

「たしかについてますが……」

「これ、スポーツ紙の常套手段ですよね。つまり、事実を確認していなくても書けちゃうという」

「そうですね。クレームがついたときのエクスキューズでもあります」

「つまり、この記事には確かな事実など何も書かれていないということです」

「え……？」

「警察官が万舟券を当てたということ自体、何の問題もないはずです。そして、この記事はその事実すら述べていません」

「しかし……」

弓削は食い下がった。「火のない所に煙は立たないといいます」

「記者がどこで何を聞いたかは知りません。しかし、この記事からは何も読み取ることはできません」

弓削はもぞもぞと居心地悪そうに身じろぎをした。

「では……」

彼は咳払いをしてから言った。「この記事は、大森署とは無関係なんですね?」

「どうかしら……」

署長はこたえた。「事実を何も伝えていない記事と関係があるかと訊かれても、こたえられませんね」

弓削と野間崎は、ほどなく引きあげた。

6

二人が署長室を出ていくと、貝沼は言った。

「私は生きた心地がしませんでした」

「あら、どうして?」

「どうしてって……。実際、ここの金庫の中には、万舟券の配当金が入っているじゃありませんか」

「あの記事は、ここにあるお金のことになんて一言も触れてないじゃないですか」

どうして署長はこうも平然としていられるのだろう。

「でも、記者はそれに気づいたんじゃないですか？」

「だったら、あんな曖昧な記事じゃなくて、ちゃんと調べて書くんじゃないかしら」

「餌をまいた？」

「はい。曖昧な記事を書いておいて、警察がどう動くか様子を見ているのかもしれません」

署長はあきれた顔になった。

「どうしてそう悲観的なのかしら」

「こちらからうかがいたいです。どうしてそう楽観的になれるのか」

「さっき、弓削方面本部長たちに言ったとおりよ」

「うまく煙に巻くことができましたが……」

「煙に巻いたつもりはないわ」

「え……？」

「だって、あの記事には何も確かなことが書かれていない。それは本当のことでしょう？」

「そうかもしれませんが……」

「警察官が公営競技にお金を使っても、別に問題がないことも事実でしょう？」

「そうだと思います」

「だったら、記事のことなんて気にする必要ないじゃない」

「いや、万が一のためにちゃんと対処しないと……」

「万が一って？」

「あの記事が大森署について書かれたもので、記者が金庫の中の金について何か知っている場合です」

「は……？」

「だったら、逆に何もしないほうがいいでしょう」

「あ……」

「今、副署長が言ったでしょう。餌をまいているのかもしれないって……」

「だったら、何もしないことが得策でしょう？」

「おっしゃるとおりかもしれません」

何のことはない。煙に巻かれたのは、俺自身じゃないかと、貝沼は思った。

「それで……」

貝沼は改めて尋ねた。「金庫の中の金はどうするおつもりですか？」

「だから、どうもしない」

「そうはいかないでしょう」

「だって、五千万は預かったお金よ。三千万は、詐欺の被害者に返却されるんだし……」

「ですから、問題は戸高が稼いだ二千万円です」

「私のお金じゃないし……」

「はあ……」

貝沼は言葉をなくして結局、署長室を退出した。

副署長席に戻ると、長谷川が近づいてくるのが見えた。件のスポーツ新聞を持っている。うんざりした気分になったが、それを顔に出すまいとした。この場もポーカーフェイスだ。

「これ、戸高さんのことじゃないですか?」

「ん……?」

貝沼は新聞を手に取った。初めて読んだような振りをする。「これがどうかしたのか?」

「とぼけないでください。署長といっしょに競艇場に出かけたことは、戸高さん本人が認めたんですよ」

「だから、それがどうしたと言ってるんだ」

「万舟券を当てたというのは、戸高さんなんじゃないですか?」

「憶測でものを言うもんじゃないよ」

「だって、署長と戸高さんが平和島競艇場に出かけたことは事実なんでしょう?」

「だからって、この記事が戸高のこととは限らん。都内に競艇場がいくつあると思ってるんだ」

「しかしですね……」

貝沼は、署長の論理に乗っかることにした。

「警察官が万舟券を当てたからって、何が問題なんだ? 公営競技は違法じゃないんだよ」

「記事を見るに、戸高さんと署長が平和島に行ったのは、勤務時間中ですよね」

「だからね……」

ちょっと苦しくなってきた。「万舟券を当てた警察官というのが戸高とは限らんと言ってるんだ。それにね、見出しの最後にクエスチョンマークがついてるだろう？　それって、君らが不確かなことを記事にするときの手だろう？」

「署長に話を聞かせてください」

「どうして私が、署長室の外に机を構えていると思っているんだ」

「どうしてです？」

「署長の代わりに私が話を聞くためだ。訊きたいことがあるなら、私に訊けばいい」

そこに他の記者たちも寄ってきた。

有力紙のベテラン記者が言った。

「東邦さん、昨日から副署長に食らいついてるけど、何かあるの？」

長谷川がスポーツ新聞を背中に隠して言った。

「やだなあ……。何かあったらこんなところにいないで裏取りに走り回ってますよ」

「あ、今背中に隠したの、万舟券の記事が載ってたやつだろう？」

「どうですかね」

ベテラン記者は笑いながら、貝沼に言った。

「まさか、あれ、大森署のことじゃないですよね」

貝沼は笑みを浮かべて言った。

「だったら、そいつに一杯おごってもらいたいね」

大新聞のベテラン記者は、スポーツ紙の記事を本気にしていない。実力のある記者ほど、あの記事がいいかげんだと思うに違いない。

だが、それは経験から来る目の曇りかもしれないと、貝沼は思った。ベテランがしばしば陥る「慣れ」による過ちだ。

事実、戸高は万舟券を当て、二千万円という金を手にした。それも、八百長で……。

貝沼は記者たちに言った。

「今日はもう何も発表はないよ。私は判押しの仕事があるんだ。さあ、散ってくれ」

記者たちが、しぶしぶという体で副署長席を離れると、机上の警電が鳴った。

「はい、貝沼」

「あ、副署長。斎藤です」

「どうした？」

「人事一課長からお電話が……」

警視庁警務部の人事第一課は、警部以上の人事を担当している。もともと、警務部・総務部は出世コースと言われているが、その警務部の筆頭課である人事第一課の課長は、キャリアの警視長だ。

つまり、偉いのだ。警視長といえば、道府県警本部の部長でもおかしくない階級で、警視庁にも警視長の部長や参事官がいる。

人事第一課長の名はたしか、豊島義人（とよしまよしひと）で、年齢は四十五歳だ。

恐れていたことが現実になったのかもしれないと思いながら、貝沼は尋ねた。

「用件は何だ？」

斎藤課長は、泣きそうな声で言った。

「存じません……」

「わかった」

貝沼は警電のボタンを押して、電話の向こうの豊島人事第一課長に言った。

「お待たせしました。副署長の貝沼です」

「どういうことなんですか?」

「は……? 何のことでしょう」

「今朝の新聞に出てたの、大森署じゃないんですか?」

「先ほど、方面本部長からも同様のご質問をいただいたのですが、そういう事実は確認しておりません」

「確認していない」というのが、逃げを打つときの常套句だ。

「万舟券を当てた署員がいるかもしれないんですね?」

「ですから、確認できていないのです」

「すぐに確認すべきでしょう」

「あの……」

「何です?」

「警察官が万舟券を当てると、何か問題ですか?」

「ギャンブルは望ましいことではありませんね」

「しかし、公営競技は違法ではありません」

「万舟券を当てるということは、相当に入れ込んでいるということではないでしょうか。その場合、借金があったり、反社との関わりがあったり……。そういうことも心配しなければなりません」

「あ、監察ですか……」

「ええ。警務部には監察官がいますので、もし万舟券のことが事実ならば、調べさせることになるかもしれません」

背筋が冷たくなった。

戸高が監察にかけられたら、八百長のことが明るみに出てしまうに違いない。

貝沼は、また署長の論理を使うことにした。

「あの記事には、大森署の名前など出ておりませんでした。他の警察署なのではないでしょうか」

「もちろん、府中署と小松川署にも連絡してみました。どちらの署も知らないと言っております」

「私どもも知りませんよ」

「我々人事一課としては、事実を確かめないわけにはいかないのです。監察が必要かどうかも考慮しなくてはなりません」

監察と聞くたびにぞっとする。

「それで、我々はどうすればよろしいのでしょう……」

「署長にお目にかかって、お話をうかがいたいのですが……」

あ、こいつもか……。

貝沼は息を呑んだ。幹部の誰かから、藍本署長の噂を聞いたに違いない。そして、会う口実を探していたのではないだろうか。

そうだとしたら、あの新聞記事は渡りに船のはずだ。

「承知しました」

貝沼はそう言うしかなかった。「折り返しご連絡いたします」

「お願いします」

電話が切れると貝沼は、斎藤課長に電話して署長と豊島課長の面会の段取りを付けさせた。

その結果、豊島課長は午後一時にやってくることになった。

会いたがっているのだから、会わせてやればいい。もし、豊島課長が本気で監察を考えているとしても、署長が何とかしてくれるだろう。

本来なら自分が署長の防波堤の役目を果たさなければならないのかもしれない。貝沼はそんなことを思った。しかし、この問題は手に負えない。

そして、署長が何を考えているのかわからない。だから、ここは署長に預けるしかないのだ。貝沼は大きく溜め息をついた。

約束の時間ちょうどに、豊島課長がやってきた。

もうじき定年の貝沼から見ると豊島課長は若造だ。だが、階級は二つも上なのだ。

日向捜査二課長もそうだったが、豊島課長も隙なくスーツを着こなしている。腹も出ていない。

副署長席の前に来ると、豊島課長は言った。

「無理を言って、申し訳ありません」

キャリア警視長にしては腰が低いな。貝沼はそう思った。階級が上だからといって、二十も年上の地方に向かって乱暴な口をきくキャリアもいるのだ。

「いえ……」

貝沼は言った。「署長がお待ちです」

豊島課長は表情を変えることなくうなずいた。日向課長も、署長に会う前はきりっとしていたが、会うと馬脚を現し、だらしのない顔になっていた。

豊島課長はどうだろう。貝沼は、ちょっとだけわくわくしていた。

部屋に入ると、署長は立って豊島課長を出迎えた。

「ようこそ。ええと、としま課長でよろしいのかしら？」

「いえ、とよしまと言います」

「よかった。としまという言葉の響きは、あまり好きじゃないので……」

二人は来客用のソファに移動する。署長が言った。

「副署長も同席してよろしいでしょうか？」

豊島課長はうなずいた。

「もちろんです」

「スポーツ紙の記事のことでいらしたとか……」

「そうです。あの記事が大森署のことなのか確かめに来たのです」

「もしそうなら、どうなさいます？」

「監察を受けていただくことになると思います」

「それはちょっと困りますね……」

豊島課長が眉をひそめる。

「つまり、あの記事が大森署のことだと、お認めになるわけですか？」

「どうでしょう。それは記事を書いた記者に訊かなければわからないことでしょう」

「おっしゃるとおりかもしれません。しかし……」

何か言おうとする豊島課長を遮る形で、藍本署長が言った。

「でも、思い当たる節がないこともないんです」

貝沼は仰天した。

弓削方面本部長のときと同様に、シラを切ってくれるものと思っていたのだが……。

「思い当たる節がある……」

豊島課長が聞き返す。「つまり、万舟券を当てた署員がいるということですか？」

藍本署長がこたえる。

「それについては、申し上げることができないんです」

「言えない……」

豊島課長が言った。「それではちょっと面倒なことになります」

「面倒なこと？　それはどういうことでしょうか？」

「例えば、監察官が署員全員を取り調べるとか……」

「それは困るわねえ……」

「いたしかたありません。非違行為があったのかなかったのか、はっきりさせなければなりませんので……」

「でも、署員が万舟券を当てたというだけでは、非違行為には当たりませんよね？」

「はい。非違行為がなければそれでいいのです。しかし、何らかの違法行為や違反があれば見逃すわけにはいきません。可能性は低いですが、万舟券となれば八百長も疑わねばなりません」

貝沼は、自分の顔色が失われていくのを自覚していた。人事一課長に八百長がばれたら、大森署は終わりだ。

それを疑われているというだけでも、由々しき問題だ。

だがそれでも、藍本署長の顔色も表情も変わらない。

「嘘は言いたくないし、隠し事もしたくありません。でも、事情があって万舟券についてはお話しできないんです」

「その言い方は、大森署員に、万舟券を当てた方がおられるということを、認めたようなものですね」

貝沼は何か言い訳をしなければならないと思った。だが、二人の間に割って入ることができなかった。

「それは認めてもいいかもしれませんね」

その署長の一言で、貝沼は発言せずにはいられなくなった。

「署長。くれぐれも発言にはお気をつけください」

署長が言った。

「私はかもしれないと言ったんです。署員の誰かが万舟券を当てたという可能性はあります。それは否定できないでしょう」

すると、豊島課長は笑みを浮かべて言った。

「ごまかしてもだめですよ。署長は先ほど、心当たりがあるとおっしゃった。つまり、万舟券を当てた署員をご存じだということですね」

「そうは申しておりません。競艇好きの署員なら何人か知っていますから……」

豊島課長はかぶりを振った。

「隠し事は嫌だとおっしゃったでしょう。万舟券を当てた署員は誰なんです？」

「困ったわね……。それはどうしても言えないんですけど……」

その困惑の表情は、蠱惑的だった。署長の魔法に抗える男はいないと、貝沼は断言できる。

それでも、豊島課長はまだ冷静さを保っていた。

「言ってください。そうすれば楽になります」

まるで、被疑者の取り調べだ。

「この件については、捜査二課の日向課長もご承知なんですけど……」

「日向……」

とたんに、豊島課長の表情が変わった。みるみる感情が高ぶっていくのがわかる。

いったい何なんだ……。

貝沼は唖然として豊島課長の変貌ぶりを見つめていた。

7

「あいつがこの件を知っているというのは、どういう意味ですか?」

豊島課長が藍本署長に尋ねた。

それまでの余裕に満ちた態度ではない。詰問するような口調だった。

その件については、俺もぜひ詳しく知りたい。貝沼はそう思った。

藍本署長がこたえる。

「万舟券について、日向課長がご存じだということです」

「それは……」

豊島課長は、自分を落ち着かせるように大きく深呼吸した。幾分か口調が和らいだ。「つまり、日向課長は、誰が万舟券を当てたか知っているということですね?」

「ご存じです」

「なのに、この私には言えないと……」

「申し訳ありませんが、そういうことになります」

豊島課長は、再び興奮を抑えきれなくなったようだ。

「日向には言えるが、私には言えない……」

このままではえらいことになる。何か言わなければならないと思ったが、何を言えばいいかわからない。

署長が何を考えているのか、まったく理解できないのだ。

戸高のことを隠したい気持ちはわかる。それは貝沼も同様だ。

スポーツ新聞の記事からは大森署とは特定できない。そこまではわかる。だが、日向課長が何をどこまで知っているのかが確かではない。

誰が万舟券を当てたか、日向課長は知っていると、署長は言った。戸高の八百長のことも。

訳がわからない。

署長が豊島課長に言った。

「日向課長に、捜査上の秘密だからと、口止めされておりますので……」

「捜査上の秘密」

豊島課長は吐き捨てるように言った。「あいつがさも言いそうなことだ」

「刑事部の課長にそう言われたら、秘密を守るしかありませんわ。捜査情報を洩らしたりしたら、クビなんでしょう？」

「つまり、署長は、日向のやつと秘密を共有なさっているということですね？」

「まあ、そういうことになりますね」

「くそっ。腹が立つ……」

豊島課長は、心底忌々しげに言った。

それまで冷静沈着に見えていたが、すっかり印象が変わってしまった。化けの皮がはがれたという感じだ。

豊島課長は、さらに言った。

「あいつの気取ったすまし顔が気に入らないんだ。三十代で課長だからって、いい気になりやがって……」

気取ったすまし顔は、豊島も負けてはいないと、貝沼は思った。二人とも、キャリアの課長で似た者同士だ。

「あら……」

署長が言った。「別にいい気になっているとは思いませんが……」

「いい気になってるんですよ。自分は何やっても許されると思ってるんだ」

「そうなんですか？」

「何でも自分で囲い込んで、報告の義務はないと思っている節がある。冗談じゃない。警察組織内では好き勝手は許されないんです」

「おっしゃるとおりですね」

「あいつの秘密主義は、常々問題だと思っていました。署長があいつと秘密を共有しているというのなら、こっちにも考えがあります」

「どんなお考えなんでしょう」

「やはり監察を動かします」

署長は目を丸くした。

「つまりそれは、日向課長の違法捜査を疑っているということですか？」

「それも視野に入れなければなりませんね」

「それはたいへんな覚悟ですね」

「え……？」

豊島課長は、虚を衝かれたように目を見開いた。

署長が言った。

「違法捜査についての監察となれば、当然、課長の上の参事官や部長の責任も問うことになります」

「いや、それは……」

「さらに捜査について調べるとなれば、日向課長の捜査二課だけでなく、検察からも話を聞くことになりますね」

豊島課長は鼻白んだ表情になり、声を落とした。

「我々には、検察を監察する権限はありません。あくまでも、警視庁内の話です」

「でも、ちゃんと調べるためには、その必要があるでしょう」

豊島課長はどんどんトーンダウンしていく。

「いや、私はおたくの署員の非違行為について調べようと言っているので……」

「うちの署を調べるのはかまいません。でも、そうなれば、いずれ日向課長が行っている捜査についても調べることになるでしょう」

豊島課長は、咳払いをした。そしてなんとか冷静沈着な態度を取り戻そうとしている。再び仮面をつけたのだ。

「日向課長と共有している秘密については、やはりお話しいただけませんか」

「すみません。私の口からは……」

貝沼は言った。

「日向課長に訊いてみてはいかがです?」

すると、豊島課長はしばらく考え込んでから言った。

「いずれそういうことになるかもしれません」

いや、いずれじゃなくて、すぐに訊きにいけばいいじゃないか。

貝沼は心の中で、そうツッコんでいた。

「またお邪魔することになると思います。今日のところはこれで……」

豊島課長はそう言って、署長室を出ていった。


「あの……」

貝沼は署長に言った。「日向課長は、いったい何をご存じなのですか?」

「豊島課長にも言いましたけどね。それは言えないんです」

「うちの署員に関することです」

「なんだか、デリケートな捜査みたいなの」

「デリケートだろうが何だろうが、私は事情を把握しておかなければなりません。でないと、記者に質問されたときにどうこたえればいいのか判断できないのです」

「東邦新聞の長谷川という記者が、何か知ってるんですって？」

「署長と戸高が競艇に行ったことを、です」

「警察官が競艇に行っても何の問題もないと、豊島課長も認めたわよね」

「でも、二人が競艇場に出かけたのは、勤務時間中なのですよね？」

「そうよ」

「そうよって……」

貝沼はあきれた。「それは問題でしょう。勤務時間中に仕事をサボって競艇場にいたとなれば、これは明らかな非違行為ということになります」

「豊島課長も、そう考えるかしら」

「新聞に書かれていたのが戸高のことで、彼が勤務時間中に競艇をやり、それで万舟券を当てたのだと知ったら、当然そう考えるでしょうね」

しかも、どうやらそれが八百長らしいのだ。それは口に出すのもおぞましいと、貝沼は思った。

「でも、あの新聞記事には、どこの誰が万舟券を当てたのかは書いてなかったでしょう？　豊島課長が知ることはないはずです」

「誰かがしゃべるかもしれません」

「誰がしゃべるのかしら？」

「少なくとも、戸高が勤務中に万舟券を当てたことは、署長と私が知っております。それに、日向課長もご存じなのでしょう?」

「ああ、そうね。日向課長も知っている」

「七飯係長も言ってましたけどね、知っている者が何人かいたら、洩れますよ」

「副署長は洩らす?」

「いいえ。とんでもない」

「私が洩らすこともない。だったら、洩れないわよ」

「日向課長が洩らすかもしれません」

「豊島課長に? それはないでしょう」

「なぜそう言えます?」

「だって、仲が悪そうだったじゃない、豊島課長と日向課長」

「仲が悪いからといって、情報が洩れないとは限りません。それに、戸高本人から洩れる恐れもあります」

「だいじょうぶよ」

この人は、何を根拠にこういうことを言うのだろう。そう思いながら、貝沼は言った。

「豊島課長はやっかいそうですけど、長谷川という記者もしつこいんですよ」

「だからといって、副署長、洩らさないでね」

「長谷川は、署長に会いたがっています」

「いいわよ」

「え……?」

「会ってもいい」

「いや、だめです」

「どうして？」

「署長は、平気でスポーツ新聞の記事が戸高のことだって認めてしまいそうで……」

「だったら、副署長に任せるわ」

「はあ……」

長谷川のことを思うと、憂鬱になった。

「それにしても、どうして仲が悪いのかしら……」

「え……？」

「豊島課長と日向課長よ。豊島課長は、日向課長の名前を聞いたとたん、人が変わったようになったわよね」

「そうですね。よほど嫌いなんでしょうね。似た者同士なので、鼻につくのかもしれません」

「近親憎悪ってやつかしら……」

「そうかもしれません」

「気にならない？」

「あの二人のことが、ですか？」

「そう。豊島課長がどうして日向課長のことを嫌うのか、気になるわ」

どうでもいいことだと思ったが、署長が気になると言うのだから、無視はできない。

「それとなく、調べておきましょうか？」

「あら、お願いできる？」

「承知しました」

そう言うしかなかった。


席に戻った貝沼は、また溜め息をついた。

所轄の地方副署長が、キャリア課長のことなど、どうやって調べればいいんだ。

そこに関本刑事課長と七飯係長がやってきた。

関本課長が言う。

「怪盗フェイクの犯行らしい窃盗事件がありました」

貝沼は二人の顔を交互に見た。

関本課長は入れ込んでいるが、七飯係長はいつものように捉えどころがない。

「現場は？」

貝沼の問いに七飯係長は、大森駅に隣接したショッピングモールの名前を言った。「その四階にある時計店です」

「時計店？　では、盗まれたのは時計か？」

「一千万円ほどする腕時計のようです」

貝沼は驚いた。

「一千万円……。そんな時計が、大森の駅ビルで売られていたのか」

七飯係長が言った。

「それ、なんか差別的に聞こえますよ」

「だって、銀座や青山の高級店ならいざ知らず、大森だぞ」

「だからそれ、やめてくださいよ」

「そんな時計を仕入れて、売れるのか?」

「そんなことは知りません。仕入れた人に訊いてください」

「問題は……」

関本課長が言った。「その時計が盗まれたってことです」

「それはそうだ」

貝沼は言った。「ちなみに、何と言うブランドの時計なんだ?」

七飯係長がこたえた。

「リシャール・ミルです」

「ロレックスやカルティエなら知ってるが……」

「超高価な時計で有名です。リシャール・ミルには、一千万円どころか一億超えの品もあります」

「一億……」

その金額に驚いたが、同時に署長室の金庫の中の金をすべて注ぎ込めば買えるな、などと考えている自分にも驚いた。

金銭感覚というのは、容易におかしくなってしまうものらしい。

関本課長が言った。

「署長に報告したほうがいいと思うのですが……」

今しがた出てきたばかりの署長室に逆戻りだ。だが、それが副署長の役目でもある。

「わかった。来てくれ」

再び署長室を訪ねる。

関本課長が窃盗の件を報告すると、署長の顔が輝いた。

「怪盗フェイク」

この反応は、警察の所属長として不謹慎だと思ったが、藍本署長なら許せる気がしてしまう。見た目の問題だけではない。ほんわかしていて無邪気な雰囲気がそうさせるのだ。

関本課長が説明する。

「はい。駅ビルに入っている時計店から盗まれました」

「どうやって盗んだの？」

関本課長は七飯係長を見て発言を促した。

七飯係長が言った。

「怪盗フェイクのいつもの手です。まず贋作を用意します。それを本物とすり替え、本物を持ち去ります」

「店の従業員は、すり替えられたことに気づかなかったのね？」

「その時は気づかなかったので、そのまま陳列棚に戻しました」

「いつ気づいたの？」

「犯行の翌日です。別の客が手に取りたいというので、従業員が陳列棚から出し、おや、と思ったそうです」

「おや……？」

「妙に重いと感じたそうです」

「重い……」

「はい。本物は、最新の航空機や宇宙開発に使われる素材を使っているので、見た目より軽いのだそうです」

「でも、怪盗フェイクがすり替えたときは、従業員は気づかなかったのよね？」

「気づいた従業員はマニアでした。怪盗フェイクに応対したのとは別の従業員です」

「時計マニアってこと？」

「はい。時計が好きで好きでたまらないらしいです」

署長は感心した様子で言った。

「専門店の従業員というのは、みんなそうあってほしいわよね」

「最初、店のオーナーはその従業員の言うことを信じなかったようです。防犯カメラで確認しましたが、怪盗フェイクの行動に怪しいところはなかったので……」

「でも、すり替えられたのよね？」

「はい。我々もすぐにその映像を見ましたが、怪しい素振りはありませんでした。つまり、手品のように鮮やかな手口ですり替えたということでしょう」

関本課長が補足するように言った。

「その映像データを入手して、これから詳しく解析します」

「映像データがあるのね？」

「はい」

「そこに、怪盗フェイクが映っているということ？」

「映っています」

「じゃあ、怪盗フェイクの人着（ニンチャク）がわかっているということね？」

「それがですね」

七飯係長が言った。「これまでいくつか、やつを捉えたとされる映像を入手しているのですが、それらがまるで別人のようなのです」

「別人……？」

「巧みに変装しているようです。体型や姿勢まで変わって見えます」

署長は満足げに何度かうなずいた。

「変装の名人。それでこそ怪盗よね」

貝沼は言った。

「感心してはいけません」

「いや、でも……」

七飯係長が言う。「たしかに見事な変装っぷりです。盗犯係の捜査員も、同一人物とは思えないと言っています」

貝沼は言った。

「同一人物じゃないいんじゃないのか？　だいたい、一人で模造品を作り、変装をして、すり替えをやってのけるってのは、ちょっと考えにくい」

関本課長が言った。

「それは我々も考えました。高度な技術を持つ者たちの集団なんじゃないかと……」

「じゃあ、そういう方向で捜査をしたほうがいい」

すると、七飯係長がぽつりと言った。

「でも、割りに合わないんですよね……」

貝沼は聞き返した。

「割りに合わない？」

「ええ。集団だともっと頻繁に犯行を繰り返さないと、一人当たりの儲けが出ません」

「満足な分け前が出ないということか？」

「はい。模造品を作るにも、それなりの金がかかります。つまり、元手のかかる手口なんです。今のゆっくりしたペースの犯行で、そうした費用を引き、何人かで分けるとなると、リスクに見合う収入になるかどうか……」

貝沼は尋ねた。

「じゃあ、七飯係長は、単独犯だと考えているわけか？」

「そんな気がします」

「気がしますじゃなあ……」

貝沼が溜め息まじりにつぶやくと、関本課長が言った。

「七飯係長の『そんな気がする』はあなどれないんですよ」

貝沼は、「金の匂いがする」という七飯係長の言葉を思い出した。

「まあ、疑うわけじゃないが……」

「単独犯であってほしいわね」

署長が言った。「怪盗はグループじゃなくて、一人じゃなきゃ……」

七飯係長がうなずいた。

「私もそう思います」

関本課長が言った。

「では、捜査にかかります」

8

「ちょっと待って」

関本課長と七飯係長が退出しようとすると、署長が呼び止めた。

関本課長が振り向いて言った。

「何でしょう？」

「捜査本部はできるのかしら？」

「捜査本部ですか……」

関本課長は戸惑った様子だ。

「ええ。被害額が大きいでしょう？」

「ええと……。殺人とか強盗といった重要事案ならば、捜査本部もできるでしょうが、窃盗では、おそらく警視庁本部から地域担当の捜査員が来るだけだと思います」

「地域担当？」

「はい。本部の捜査三課は、方面ごとの担当に分かれているんです。第二方面担当とか第三方面担当というふうに……」

「その人たちは、いつ来るのかしら？」

「すでに三課に連絡済みですので、もうじきやってくると思います」

「わかりました」

関本課長と七飯係長は、あらためて礼をして部屋を出ていった。

署長が言った。

「映像、見たいわね」

「え……？」

「怪盗フェイクの映像よ。どんな顔なのかしら……」

「同一人物とは思えないくらい、映像によって違うらしいですが……」

「取りあえず、時計を盗んだときの映像ね」

「捜査員に持ってこさせましょうか？」

「捜査の邪魔にならないようなら、そうしてちょうだい」

「承知しました」

副署長席に戻り、しばらくすると、また関本課長がやってきた。

「本部から捜査員が来ました」

「三課か？」

「はい」

「会おう」

やってきたのは二人だった。彼らは盗犯捜査第五係の第二方面担当だということだ。

友寄謙二郎（ともよせけんじろう）警部補と佐川昭伸（さがわあきのぶ）巡査長と名乗った。友寄は四十三歳、佐川は三十二歳だ。

友寄が言った。

「署長にご挨拶したいのですが……」

貝沼は尋ねた。

「うちの署長の噂を聞いたことがあるのか？」

「あります」

友寄は臆面もなくこたえた。「幹部連中が噂しておりますので……」

「捜査員がいちいち挨拶する必要などないと思うが……」

「いえ。礼儀であります」

たてまえで来たなと、貝沼は思った。礼儀もへったくれもない。ただ署長に会ってみたいだけなのだ。

ここで突っぱねてへそを曲げられでもしたら、今後の捜査に支障をきたすかもしれない。貝沼はそう思い、席を立った。

「こっちに来てくれ」


署長室に入ったとたんに、友寄は「うわ」と言って眩しそうに両手をかざした。

実際に眩しかったのだろう。署長の存在が眩しいのだ。

若い佐川は、ぽかんとしたまま署長の顔を見つめている。それが失礼なことだとも気づいていないのだ。

貝沼は、来客のこうした反応にはもう慣れっこだったし、いい加減うんざりもしていた。

「藍本です」

署長が言うと、友寄がバネ仕掛けのようにぴんと背を伸ばし、官姓名を告げた。

そして、完全に放心状態の佐川の腕を、肘でつついた。

佐川がはっとして、慌てた様子で官姓名を告げる。

「怪盗フェイクの件ですね」

署長が言った。友寄がこたえる。

「はい。大森署と協力して捜査するためにやってまいりました」

「本部からは二人だけなの？」

「そうです」

「そう。ごくろうさまです」

署長に挨拶をするという目的は果たしたはずだ。そう思い、貝沼は言った。

「では、刑事課に行ってくれ。外で関本刑事課長が待っているはずだから」

「は……?」

友寄が貝沼の顔を見た。

「だから、もう用は済んだだろうと言ってるんだ」

「いや……」

友寄は、署長のほうをちらりと見て言った。「事件の経緯を説明してもらおうかと……」

「だからそれは、刑事課で説明する」

友寄は、少しでも長く署長室にいたい様子だ。それを許すつもりはなかった。

友寄がさらに粘ろうとする。

「映像を入手したと聞きました」

「だから、それを刑事課で解析してくれ」

すると、署長が言った。

「あ、ここでその映像を見てもらってはどうかしら」

貝沼は思わず署長の顔を見た。

「は……?」

「そうすれば、私もいっしょに見られるし」

友寄の表情がぱっと明るくなる。

「あ、それがいいです。そうしましょう」

貝沼は言った。

「それでは署長の公務に支障をきたすでしょう」

すると署長が言った。

「あら、だいじょうぶよ」

「幹部などの来客があるかもしれません」

「今のところは予定はないわ」

貝沼は、一刻も早く友寄と佐川にここから出ていってほしかった。彼らは盗犯を専門とする捜査三課だ。

七飯係長のように、金の匂いを嗅ぎつけないとも限らない。

友寄が言った。

「では、ここでその映像を見ることにしましょう」

それを受けて署長が貝沼に言った。

「関本課長にそう伝えてちょうだい」

「お言葉ですが、署長室は捜査に使うためにあるのではありません」

「え？　捜査に使っちゃいけないの？」

「いえ、いけないわけじゃありませんが、ここはあくまでも署長の執務に使用するための部屋でして……」

「捜査指揮も私の執務だと思うけど……」

「ま、そうなのですが……」

「前の署長も、ここを捜査本部代わりにしたことがあると聞いたわよ」

「たしかにそんなこともありましたが、あれはあくまでも異例の措置でして……」

「今回もその異例の措置とかでいいじゃない」

友寄と佐川はうれしそうな顔をしている。それが忌々しい。

だが、これ以上署長に逆らうことはできないと、貝沼は思った。

「承知しました。関本課長に伝えます」

署長室を出ると、そこに関本課長がいた。

貝沼は言った。

「署長室で防犯カメラの映像を見るそうだ」

「え……？」

関本課長もうれしそうな顔をする。「署長がごいっしょに、ですか？」

「そうだ。七飯係長も呼んでくれ」

「はい。ただちに……」

関本課長が駆けていった。刑事課長が走るところなど、これまで見たことがない。

藍本署長には男たちを元気にする力があるようだ。

三課の二人や関本課長たちに好き勝手を許すつもりはない。彼らを見張っている必要がある。金庫の中の金も気になる。

そういうわけで、貝沼も署長室に詰めることにした。

署長室に戻ると、友寄と佐川はちゃっかり来客用のソファに座っていた。署長がそう指示したのだろう。でなければ、一介の捜査員が署長室のソファに座ることなど許されない。

だから、貝沼は何も言わなかった。

署長が言った。

「捜査員の椅子とか、ホワイトボードとかが必要ね」

貝沼はこたえた。

「ホワイトボードは必要ないでしょう」

「あら、よくテレビドラマの捜査本部で、ホワイトボードに被疑者の写真を貼ったりしているじゃない」

「本物の捜査本部では、ホワイトボードに写真を貼ったりはしません」

「そうなの？」

「記者に覗かれたりしたら大事になりますから……。被疑者や参考人の名前を書くこともありません」

「じゃあ、なにを書くの？」

「上がり時間とかですかね」

友寄が言った。

「私らも、捜査本部とか、あまりよく知りませんなあ……」

署長が尋ねた。

「三課はどういう捜査をするの？」

「現場仕事が多いですよ。盗犯の現場はいろいろなことを教えてくれます」

「へえ……」

「それと、ぞう品捜査をしますから、質屋とかよく行きますね」

「質屋へ……」

「石膏でゲソ痕（コン）とか取らせたらうまいですよ」

犯行現場に残された靴跡などを、石膏を使って採取するということだ。今では、ゲルを塗ったフィルムなども使うが、基本は伝統的な石膏による型取りだ。

「そういうの、鑑識の仕事かと思ってたわ」

「三課の捜査員はやりますよ」

「なんだか、庶民的なのね」

「そりゃ、三課や盗犯係は庶民の味方ですから」

関本課長と七飯係長がやってきた。七飯係長はノートパソコンを持っている。それを、応接セットのテーブルに置いた。

署長が席から出てきてソファに腰かけた。

七飯係長がその隣に座り、パソコンを操作した。あとの三人、つまり、関本課長、友寄、佐川は、うらやましそうに七飯係長を見た。誰もが、署長の隣に座りたいのだ。

七飯係長が言った。

「これです」

署長が画面を覗き込む。七飯係長は動画を静止させていた。

不鮮明だが、なんとか人着が見て取れる。

年齢は不詳だ。ハンチング帽をかぶっている。

口髭を生やしており、眉毛が濃い。頬はふっくらして見えたが、体格を見ると太っているとは思えない。

含み綿か何かで頬を膨らませているのかもしれないと、貝沼は思った。

チェックのジャケットに黒っぽいズボンという服装だった。

「ハンチング帽とはおしゃれね」

署長が言ったので、貝沼は思わず言葉を返していた。

「おしゃれですか？　ハンチングなんて、昭和初期のファッションだと思いますが……」

「最近の若い人はまた、こういう恰好をするみたいよ」

「はあ……」

すると、佐川が言った。

「ハンチングだけじゃなくて、ソフト帽をかぶっている人も少なくないですよ」

何だか若者の代表みたいな言い方で、貝沼はちょっと気に障った。

若者は常に世の中に反抗するものかもしれないが、年長者はただ若者だというだけで気に入らないこともある。

若い連中はそれを知っておくべきだと、貝沼は思った。

署長が言った。

「時計をすり替えるところを見てみたいわ」

七飯係長がそれに応じる。

「では、再生します」

署長は、食い入るように画面を見つめている。七飯係長は、何度か同じところを再生しているようだ。

画面が向こう側を向いていて、貝沼は見ることができない。

「よろしいですか？」

七飯係長が言った。署長はこたえた。

「ええ、いいわ」

七飯係長が画面を貝沼たちのほうに向けた。貝沼、関本課長、友寄、佐川の四人がそれを見つめた。

七飯係長がまた動画を再生する。やはり、何度か繰り返した。

「ふう……」

深く溜め息をついたのは、関本課長だった。「映像を見た限りでは、この人物は時計を手に取り、しばらくしてそれを従業員に返却したようにしか見えないな」

友寄が言った。

「そのとおりですね。従業員が鍵のかかった陳列棚から時計を出す。それを、男が手に取る。そして、しばらくしてからそれを返却する……。この映像を見る限り、何の問題もないように思えます」

署長が言った。

「でも、時計はすり替えられていたのよね？」

七飯係長がこたえた。

「はい。それは確認済みです」

友寄が言った。

「まさか、保険金詐欺とかじゃないでしょうね?」

「保険金詐欺……?」

署長が言った。「盗難に備えた保険に入り、商品が盗まれたと主張して、保険金を騙し取ろうとしているということ?」

署長から言葉をかけられ、友寄はたちまち緊張した様子になった。

「は……。そのようなことも考えられると思いまして……」

貝沼は言った。

「この映像を見ると、その疑いももっともだな。時計をすり替えているようには見えない。どう思う?」

七飯係長に尋ねた。

「巧妙ですが、すり替えていることは間違いないでしょう」

貝沼は念を押した。

「本当だな?」

「店の従業員が、時計は贋作だと確認しているのです」

友寄が言った。

「いったいどこから、その贋作を持ってきたんです? よく店にあるものと同じものを持って来られたものだ……」

それにこたえたのは、七飯係長だ。

「彼が作ったんですよ」

友寄が尋ねた。

「作った……？　彼って誰のことです？」

「ビデオに映っているやつです。怪盗フェイクですよ。こいつは、おそろしく眼が利くらしく、陳列棚にある腕時計を見ただけで、贋作ができるということです」

「そりゃあ、すごい」

友寄が心底驚いたように言った。「私も長年盗っ人相手に仕事をやってますが、そんな贋作師には出会ったことがありませんよ」

七飯係長が言う。

「私も初めて出会いましたよ」

「しかし、贋作なんて、手間暇かかるじゃないですか。もっと効率のいいシゴトがあるでしょうに……」

「効率よりもプライドなのかもしれません」

「まさか……。プロなら効率を選ぶはずです」

「プロかどうかもわからない」

「どういうことです？」

「怪盗フェイクは犯行を楽しんでいるように、私には思えるんです」

「犯行を楽しんでいる？　そいつは、我々をばかにしてますね」

「贋作も、すり替えも、技術が必要です。その技術ってやつが、怪盗フェイクには何より大切なんじゃないでしょうか」

「まさか……」

関本課長が言った。「ゲーム感覚なんじゃないだろうな」

七飯係長が言う。

「ある意味、怪盗フェイクにとってはゲームなのかもしれません。そもそも怪盗なんていうのは、劇場型の犯罪者ですから……」

「だとしたら、そのうちに、犯行予告とかやりそうだな」

七飯係長がうなずいた。

「おっしゃるとおりだと思います」

貝沼は言った。

「このビデオはどうなるんだ？　すり替えをやっていることの証明になるのか？　そして、他の犯行映像に映っている人物と同一人物かどうかは、どうやって判断するんだ？」

「そうですね……」

関本課長が考え込んだ。

そのとき、署長が言った。

「署内に、手品が趣味の人とか、いないのかしら……」

貝沼と関本課長は顔を見合わせた。

関本課長が言った。

「一人だけ、心当たりがあります」

署長が言った。

「じゃあ、その人にこの映像を見てもらいましょう」

いい思いつきかもしれない。貝沼はそう思った。

9

関本課長が署長室を出ようとすると、署長が言った。

「電話なら、ここのを使って」

「いえ、電話は必要ありませんので」

退出した関本課長はすぐに戻ってきた。いっしょに斎藤警務課長が入室してきた。

「え……」

署長が言った。「手品が得意な人って、斎藤課長のこと？」

関本課長が言った。

「はい。実は、彼の唯一の趣味が手品でして……」

斎藤課長が言った。

「え……？　いったい何の話です？」

藍本署長が斎藤課長に言った。

「怪盗フェイクよ。犯行時のビデオを見てほしいの」

「ビデオを私が見るんですか？」

関本課長が説明した。

「高級時計を偽物とすり替えたようなのだが、我々が見てもわからない。だから、手品の得意な誰かに見てもらってはどうかと、署長がおっしゃったんだ」

「あ、そういうことですか」

「さっそく見てもらおう」

七飯係長がパソコンを操作して、斎藤課長に問題の場面を見せた。

「ああ、たしかにすり替えてますね」

斎藤課長が即座に言った。

関本課長が尋ねた。

「そうなのか？　何度見てもわからないのだが……」

「典型的な手品の手法ですよ。ジャケットのポケットから左手で偽物の時計を出して手の中に隠してあります。店員が本物の時計をジュエリートレイに載せて、ショーケースの上に置きますよね。それを右手で取り、左手に持ち替える振りをして、偽物とすり替えています。そして、本物を右手の中に隠してジャケットのポケットに隠しました」

署長が言う。

「説明されてもわからないんだけど……」

斎藤課長が七飯係長に言った。

「スロー再生できますか？」

「はい」

一同は、画面に見入った。

「ストップ」

斎藤課長が説明する。「ほら、ここを見てください。左手をジャケットのポケットに入れているでしょう。その間、右手の人差し指でショーケースをとんとんと叩いていましたよね。店員の眼を引くためです。注意をそらすんです」

署長がうなずく。

「たしかに左手はポケットね」

斎藤課長の指示で、ビデオを進める。

「ストップ。ここです」

斎藤課長が画面を指さす。「右手で本物を手に取り、重さを確かめるように左手に載せるでしょう。ここで見えているのは、あらかじめ左手に隠し持っていた偽物です。本物は右手の中です」

さらにビデオを進める。斎藤課長がまたストップをかける。

「見てください。右手をポケットに持っていきました。このとき、本物をポケットに隠したんです」

署長が言った。

「なるほど……。左手に持った時計を顔の近くに持っていったり離したり、さかんに動かしているわね。これも、左手に注意を引き付けるためなのね？」

「そういうことです。その後は、両手で時計を矯めつ眇めつしますよね。このときは、もう本物はポケットの中です」

友寄が言った。

「説明されても、本当かどうかよくわからない。もう一度ビデオを見ながら解説してくれませんか」

「いいですよ」

斎藤課長が言った。「じゃあ、今度は適宜コマ送りをしましょう。失礼、マウスを拝借します」

七飯係長と席を代わり、再び説明を始めた。先ほどと同様に、左手をポケットに入れる瞬間で画面をストップさせる。

「見てください。このとき、店の従業員は本物の時計をジュエリートレイに載せて手にしていますので、そちらに神経を集中しています。さらに、会話をしていますので、ほとんど犯人の左手には注意を払っていません」

友寄がうなずく。

「そのようですね」

「そして、これがすり替えの瞬間です。本物は右手、偽物は左手にあります」

「うーん。偽物と本物が同時に映っていれば証拠になるんだがなあ……」

「コマ送りにしてみましょう。うまくすれば、映っているかもしれません」

斎藤課長はマウスを操った。

「多少ブレてますが、この静止画なら二つの時計が確認できるんじゃないですか?」

友寄と佐川が画面を覗き込む。友寄が言った。

「左手の時計は確認できるが、右手の時計は微妙だなあ……」

入れ代わり、署長と貝沼が画面を見た。

たしかに、一つは時計とわかるが、もう一つはかなりブレている。

署長が言った。

「これ、SSBCならもう少し鮮明な画像にできるんじゃないかしら」

SSBCは、捜査支援分析センターの略だ。ビデオ解析や電子データの分析を通じて捜査の支援を行う部隊だ。

さらに、関本課長と七飯係長が画面を見た。関本課長が言った。

「たしかに時計と言われればそのように見えるがな……」

七飯係長は無言で静止画を見つめていた。

友寄が言った。

「SSBCに依頼してみましょう。店のオーナーの被害届だけでは、このビデオに映っている人物が犯人とは特定しきれませんが、偽物の時計が本物と同時に映っているとなれば、動かぬ証拠になります」

「手配をお願いできるかしら。所轄から頼むより本部から依頼したほうが円滑でしょう」

「承知しました」と友寄が言った。

「それにしても……」

署長が斎藤課長に言った。「警務課長の趣味が手品とは意外だったわ」

斎藤課長がこたえた。

「よく言われます。人前で何かやるようなタイプには見えないようで……」

「その趣味が捜査に役に立ったわ」

「普段の仕事にもけっこう役に立ってるんです」

「そうなの？」

「警務課の仕事など、手品みたいなものですから」

「手品みたいなもの？」

「はい。右手に注意を引き付けておいて、左手で仕事をする……。まあ、そういったことです」

「何だか、政治的ね」

「そうとも言えます」

斎藤課長の印象がちょっと変わった。いつも右往左往しているように見えるが、それはもしかしたら演技で、それに気を取られているうちに、何か重要なことをしているのかもしれない。

いや、まさかな……。

署長が関本課長に言った。

「他にも、怪盗フェイクの映像があるんでしょう?」

「あります」

関本課長が七飯係長に目配せする。

七飯係長が言った。

「まったく別人のビデオを見るようで、あまり参考になりませんが……」

「でも、見てみたいわ」

「かしこまりました」

七飯係長は、別のファイルを呼び出して再生した。

たしかに、先ほどとは似ても似つかない人物が映っていた。宝飾店に入るところと出るところが映像に捉えられている。

署長が言った。

「この人?」

七飯係長がこたえた。

「その可能性が極めて高いです」

「確かじゃないのね?」

「宝石をすり替えたと見られていますが、その現場を押さえたわけではありませんので……」

「映像を斎藤課長に見てもらったら?」

「時計店のときと違って、犯行現場が映っていないんです。宝飾店従業員の証言と現場に残された偽物の宝石で、怪盗フェイクの犯行と断定しましたが……」

「見るからに真面目そうに見えるわね、背広をきちんと着ているし、ちゃんと整髪している」

「さきほどのハンチングの男とは、まるで別人でしょう」

「でも、同じ人よね」

「え……？」

七飯係長と関本課長が同時に署長を見た。

関本課長が尋ねた。

「どうしてそう思われますか？」

「だって、同じ手をしている」

「え……。手ですか……」

「そう。指の形とか、同じじゃない」

七飯係長が言った。

「そうでしょうか。よくわかりませんが……」

「あ、でも……」

署長が言う。「私は専門家じゃないんで、断言はしないわよ。そういうのちゃんと鑑定できる人がいるんでしょう？」

「ええ……」

関本課長がこたえる。「鑑識におります。先ほどのSSBCにもいるでしょうし、人着については、見当たり捜査の経験者なども頼りになるでしょう」

「じゃあ、正式な鑑定はその人たちに任せるわ」

すると、友寄が言った。

「いや、すばらしい。指の形ですか。なかなかそういうところに眼はいかないものです。さすがですな」

「そう言っていただくと、うれしいわ」

本当にうれしそうだった。

「私は本気で申し上げております」

いつまでもこんなことを言わせてはいられない。貝沼は友寄に言った。

「ビデオは見終わった。用事は終わったはずだ」

「あ、それはそうなのですが……」

「早く本部に戻って、ＳＳＢＣに仕事を頼んでもらいたいのだが……」

関本課長が言った。

「副署長が言うとおりだ。その結果を我々も早く知りたい」

「わかりました」

友寄は恨みがましい眼を貝沼に向けて言った。「では、我々はこれで失礼することにしますが……」

「が……？」

「怪盗フェイクの件で、またお邪魔することになると思います。そのときはまた、こうして署長室にやってくるということでよろしいですか？」

貝沼はきっぱりと言った。

「いや。次は刑事課に来てくれ」

「ああ……」

友寄はとても残念そうな顔で言った。「そうですか。では、失礼します」

友寄と佐川が部屋を出ていった。

貝沼は関本課長に言った。

「君らも、もういいよ」

「はあ……」

関本課長も名残惜しそうだ。「では、失礼します」

関本課長と七飯係長が部屋を出ていくと、そこに警務課の係員がやってきた。

「あ、副署長と課長はこちらでしたか」

斎藤課長が尋ねた。

「どうした?」

「麻取りの黒沢さんと薬物銃器対策課の馬渕課長がお見えで、署長に面会を希望されていますが……」

貝沼は言った。

「話なら私が聞く」

すると、署長が言った。

「あら、私に会いにきたんでしょう? だったら、私が話を聞きます」

貝沼は頭を下げた。

「失礼しました。出過ぎたことを申したようです」

「そんなことないわ。副署長もいっしょに話を聞いて」

斎藤課長が言った。

「では、私はこれで……」

彼は警務課係員とともに去っていった。入れ代わりで、黒沢と馬渕課長が入室してきた。

「だーかーらー、地方警察の警視庁なんかに任せられないって言ってるの」

「厚労省なんて名ばかりで、たいした機動力もないんだろう。俺たちに任せればいいんだ」

二人はいつものように悪態をつき合っているらしい。相手をばかにしたような、見るからに憎らしい顔つきが、署長を見たとたんに一変する。

黒沢は愛想笑いを浮かべ、馬渕課長は表情を引き締めた。

署長が言った。

「お金の件でいらっしゃったのかしら？」

黒沢がこたえた。

「進捗状況をお知らせしようと思いまして……」

すると、馬渕課長が言った。

「進捗状況と言いましたが、まるで進捗していないようなんです」

署長が黒沢に尋ねる。

「どういうこと？」

「いましばらく、五千万円をお預かりいただけないかと……」

「それはかまいませんが……」

いいや、かまわなくない。貝沼は、心の中で抗議した。一刻も早く、大森署から持ち去ってもらいたいのだ。

黒沢の説明が続いた。

「薬物の取引なんですが、きわめてデリケートなので慎重に話を進めております」

署長が興味津々という表情で言った。

「潜入捜査官が密売人と架空の取引をまとめようとしているわけね？」

「ええ。そういうことです」

「ばれたら、潜入捜査官は殺されるのよね」

「もちろん、そうなると思います」

「潜入捜査官に会ってみたいわ」

「それは……」

黒沢が言い淀んだ。「ご希望には添いかねると思います。潜入捜査官は誰にもその身分を明かさないことになっています」

「誰にも明かさないって、上司は知っているんでしょう？」

「上司の中でも、ごく限られた者しか知りません」

「ふん……」

馬渕課長が言った。「実際には麻取りに潜入捜査官なんて存在しないんじゃないのか？　捜査する振りして予算だけ分捕(ぶんど)ってるんだろう」

「警視庁といっしょにするなよ。麻取りはな、正式に囮捜査が認められているんだ」

「警視庁だってやってるよ」

「え……」

署長が馬渕課長に言った。「そうなの？」

「ええ。もちろんです」

「それって、適法なの？」

「グレーゾーンですが、やらざるを得ないこともあります」

「かっこいいわね」

「はい。かっこいいです」

黒沢と馬渕課長の言い合いが終わったようなので、つまらなくなり貝沼は言った。

「金をもうしばらく預かれというのは、どういうことだね？」

黒沢がこたえた。

「密売人が用心深くて、なかなか取引の期日が決まらない」

「相手は南米の麻薬カルテルの密売人だと言ったな？」

「そう」

「ちゃんとコミュニケーションが取れているのか？」

「俺たちを誰だと思ってるんだ」

「だが、話が進まないのだろう」

「慎重に進めているだけだ」

「取引はどれくらい先になりそうなんだ?」

「さあな」

「さあなって……。そいつは無責任じゃないのか」

「デリケートな捜査だと言っただろう。そう簡単にはいかない」

「いつまでも金をここに置いておくわけにはいかない」

「いつまでもとは言ってない。取引までの間だ。金庫にしまっておくだけなんだから、どうということはないだろう」

それにこたえたのは署長だった。

「もちろん、お預かりすること自体はどうということはありません。でも……」

黒沢が聞き返した。

「でも、何でしょう」

「その金を狙って、誰かがここに侵入を試みるかもしれない」

黒沢は目を丸くした。

「いったい、誰がそんなことを……」

「怪盗フェイクって、ご存じかしら?」

「いえ……。存じません」

すると、馬渕課長が露骨に舌打ちをしてみせた。

「何だよ。麻取りは麻薬のことしか知らないのか。宝石や高級ブランドの時計なんかを狙う窃盗犯だよ」

「泥棒のことなんて知るかよ。そういうのは地方警察が取り締まればいいんだ」

署長が言った。

「その怪盗フェイクは、大森署管内に出没しているの。そのうちに、ここのお金にも目を付けるかもしれない」

黒沢が言った。

「え……。警察に忍び込む窃盗犯なんて、考えられませんが……」

「そう。普通の窃盗犯ならね。でも、怪盗フェイクは、普通じゃないの」

黒沢がにわかに不安そうな顔になった。

「まさか、そいつに金を盗られたりしませんよね」

「どうかしらね」

まるで、怪盗フェイクがやってくるのを楽しみにしているような表情だ。署長を見て、貝沼はそんなことを思っていた。

10

「しかし……」

馬渕課長が首を捻った。「怪盗フェイクが現金を奪ったという話は聞いたことがありませんが……」

　黒沢が馬渕課長に尋ねる。

「そうなのか？」

「ああ。今言ったとおり、やつが狙うのは宝石とか高級腕時計などだ。実物とそっくりの贋作とすり替えて盗みを働くんだ。その手口からフェイクと呼ばれている」

「じゃあ、あの五千万円が盗まれる心配はなさそうじゃないか」

「怪盗フェイクなら、どんなものの偽物でも作れるんじゃないかしら」

「あ……」

　黒沢が言った。「現金の偽物ということは、偽札……」

　話がとんでもない方向に行きそうだ。貝沼は言った。

「偽札造りとなると、窃盗とはまた別の犯罪になりますね」

「怪盗フェイクは、偽物を作ることにこだわっているのよね。だったらやりかねない」

「いや……」

　貝沼は考えを巡らしながら言った。「偽札造りには多くの時間と費用がかかります。ここにある金を盗み出すために偽札を造るというのは、どう考えても割りに合いません」

「これまでの犯行も、割りに合わないんじゃない？」

「たしかに儲けは少ないと思いますが、偽札造りはまた別の次元の話だと思います」

「あの……」

　黒沢が署長に言った。「お金をここに置いといて、だいじょうぶですよね」

署長が言った。

「だいじょうぶ。万が一、怪盗フェイクがやってきても、それは検挙するチャンスだと、うちの盗犯係長が言ってます」

貝沼は、それについては何も言うまいと思った。万が一金が盗まれた場合、どんな言い訳も通用しないのだ。

馬渕課長が言った。

「何だよ。心配なら持って帰ればいいだろう」

それだ。馬渕課長もたまにはいいことを言う。

すると、黒沢が言った。

「今持って帰ってもしょうがないんだよ。頭悪いなあ。取引が決まるまで、金はここから動かせない」

「だったら、ごちゃごちゃ言うなよ」

署長が言った。

「ええと、とにかく黒沢さんは、もうしばらくここでお金を預かってほしいと言いにいらしたというわけね？」

黒沢が背筋を伸ばしてこたえる。

「はい。申し訳ありませんが、お願いいたします」

それだけのために、ずいぶん時間を取られたものだ。

「わかりました。お預かりします」

黒沢と馬渕課長が部屋を出ていったので、貝沼は言った。

「では、私も失礼します」

「怪盗フェイクが偽札を造ることは、絶対にないと思う？」

「絶対とは言えませんが……」

「怪盗フェイクなら、何でもやってくれる。そんな気がするわ」

「署長……。犯罪者を持ち上げるような発言をなさってはいけません」

「そして、その怪盗フェイクを大森署が捕まえるのよ」


署長室を出て副署長席に戻った貝沼は、ぎょっとする光景を目にした。

外から戻ってきた戸高が、長谷川に捕まったのだ。玄関で二人は立ち話を始めた。

貝沼は慌てて戸高を呼んだ。

戸高は、一度貝沼のほうを見てから、さらに長谷川と何か話をしている。貝沼は苛立ち、さらに大きな声で戸高の名を呼んだ。

一階にいる交通課などの係員たちが、何事かと貝沼のほうを見た。

戸高がようやく副署長席にやってきた。

「何すか、大きな声で……」

「長谷川と何を話していた？」

「長谷川……？　ああ、あの記者ですか。何でですか？」

貝沼は、周囲を見回した。大声のせいで、注目を浴びているようだ。

「こっちへ来てくれ」

貝沼は戸高の袖を引っぱって、どこか空いている部屋はないかと廊下を進んだ。人のいない会議室を見つけて、そこに入った。

そこで改めて戸高に尋ねた。

「長谷川に何を訊かれた？」

「ああ、万舟券がどうのと言ってましたね」

「スポーツ新聞に万舟券を当てた警察官がいるという記事が載った」

「ああ、読みましたよ」

「あれはおまえのことだろう」

「万舟券を当てた警察官が誰なのかについては、書いてませんでしたよ。万舟券を当てた人々の中に現職の警察官がいたようだ……。そう書かれていただけです」

「だが、おまえのことに間違いはないだろう」

「そうかもしれませんね」

「どこから洩れた？」

「知りませんよ」

「おまえが洩らしたわけじゃないんだな？」

「洩らしてませんよ。平和島で誰かに見られたのかもしれませんね」

「誰か？」

「常連のやつとか、係員とか……。俺の顔と素性を知っているやつは何人かいますからね」

「長谷川はその記事のことについて、おまえに質問したということだな?」

「そうらしいですが、何を訊きたいのかよくわかりませんでした」

「具体的にはどういう質問だったんだ?」

「万舟券を当てた警察官がいるということですが、何か知ってますかって……」

「何とこたえたんだ」

「それ、何のことだって聞き返しました」

「長谷川は何と言った?」

「スポーツ新聞の記事を読んだ。しらばくれてもだめだ。そう言ってました」

「それで……?」

「俺も記事を読んだが、それがどうしたと言ってやりました。すると、あいつは、署長といっしょに平和島に行ったことは知ってるんだと言いました」

貝沼は追い詰められたような気分になってきた。

「それから?」

「そこで副署長に呼ばれたんです。会話はそこまでです」

貝沼は少しだけ安堵した。長谷川はまだ、決定的なことを知ってはいない。

「それで……」

貝沼はごくりと唾を飲み込んだ。「おまえは万舟券を当てたんだな?」

「副署長も記者と同じことを訊くんですか」

戸高はうんざりとした顔をした。

「こたえてくれ。どうなんだ？」

「ええ。当てましたよ」

「元手が二十万円。だから配当は約二千万円になった……」

「そうです」

「それ、署長といっしょに平和島に行ったときに当てたんだな？」

「はい」

「八百長だったんだな？」

「なんだ。副署長も知ってるんですか」

「否定しないのか……」

嘘でも否定してほしかった。

「ええ。否定できないでしょう」

「そのことを、日向二課長が知っているんだな？」

「ええ、知ってますよ。当然でしょう」

「その後、何か沙汰はないのか？」

「沙汰？　さあ、どうでしょう。あとは、地検の動きを待つだけだと思いますが……」

貝沼は絶望的な気分になった。

「地検まで話が行っているということか……」

「……つうか、地検主導の事案ですよ」

「すでに地検が主導していると……」

「これ以上は言えませんよ。二課長にかたく口止めされていますからね」

「地検が動いているから、へたなことをしゃべるなということだな?」

「あとは捜査二課と地検が話し合って進めることだと思います」

つまり、八百長をやった戸高を地検が起訴するかどうかということだろう。

起訴となれば、藍本署長の責任も追及される。間違いなくクビが飛ぶだろう。いや、署長も逮捕されるかもしれない。

「行っていいすか?」

戸高が言った。「これ以上は俺、何もしゃべれませんし……」

地検に身柄を取られるかもしれないというのに、どうして戸高はこんなに平然としていられるのだろう。

貝沼は不思議でならなかった。

「ああ、行っていい」

戸高はうなずき、会議室を出ようとした。貝沼は言った。

「くれぐれも記者には余計なことをしゃべるな」

「しゃべりませんよ。二課長からきつく口止めされていると言ったでしょう」

戸高が出ていき一人になると、貝沼は大きく溜め息をついた。

地検……。

警務部の監察どころの騒ぎではない。警察署から犯罪者を出すことになるのだ。署長だけではない。自分のクビも飛ぶだろうと、貝沼は思った。

貝沼が大森署に来て以来、最大の危機かもしれない。なのに署長も戸高もまったく動揺した様子はない。

あの二人の頭の中は、いったいどうなっているのだろう。不思議でならなかった。しばらく一人きりの会議室で茫然としていた。

気づくとすでに終業時間を過ぎていた。

貝沼は、のろのろと副署長席に戻った。


一夜明けたが、気分は最悪だった。よく眠れなかったのだ。八百長問題に押しつぶされそうだ。

このままでは、俺はきっとおかしくなってしまうと、貝沼は思った。

午前八時半頃、捜査三課の友寄と佐川がやってきた。

「や、昨日はどうも」

友寄の、そのなんとも脳天気な口調に苛立ちが募る。「署長はお元気ですか？」

「元気だ。刑事課で関本課長と七飯係長が待っているから行ってくれ」

「一目でいいから、署長にお目にかかれませんかね……」

機嫌がいいときなら、もしかしたら取り次いだかもしれない。だがあいにく、今は最悪の気分だ。

「特に用がないのなら、すぐに刑事課に行ってくれ」

「ああ……」

友寄はものすごく残念そうな顔になった。「そうですか。わかりました……」

佐川は今にも泣きそうな顔をしている。

彼らが副署長席から去っていくと、何だかすごく悪いことをしたような気がして、貝沼はますます憂鬱になった。

それから約十五分後の午前八時四十五分頃に、七飯係長率いる大森署盗犯係が出かけていった。友寄と佐川もいっしょだった。

彼らが玄関から出ていくと、ベテランの新聞記者が副署長席に近づいてきた。それに気づいた他社の記者も寄ってくる。その中には長谷川の姿もあった。

貝沼の心労は募った。

ベテラン記者が言った。

「今の、盗犯係ですよね。怪盗フェイクの件ですか?」

戸高のことを訊きにきたわけではなかったようだ。

記者の関心は常に上書きされる。スポーツ新聞の記事はすでに過去のこととなり、彼らは怪盗フェイクについて知りたがっているのだ。

貝沼はこたえた。

「そうだ。捜査三課の捜査員もいっしょだ」

「今回は高級時計をやられたそうですね」

「十時頃に記者発表するから、それまで待ってくれ」

それでもベテラン記者はひるまない。

「犯人の目星はついていないんですか？　防犯カメラの映像とか、もう入手しているんでしょう」

「だから、発表を待ってくれと言ってるんだ」

別の記者が尋ねた。

「犯行予告とかないんですか？」

貝沼は思わず聞き返した。

「犯行予告？」

「怪盗って、盗むものを予告したりするじゃないですか」

「そういう報告は受けていないな」

再びベテラン記者が言う。

「大森署は注目されてますよね」

貝沼はどきりとした。

「注目？　どういうことだ？」

「いや、だって、管内に怪盗が現れて、世間は次は何が盗まれるのかって、興味津々ですよ。もし、怪盗フェイクを捕まえたら大手柄じゃないですか」

「ああ、そういうことか……」

「何です？　どういうことだと思ったんですか？」

「いや……。警察署が注目なんぞされるもんじゃないと思ってな」

「どうしてです?」

「犯罪者は捕まえて当たり前。もし、不手際があって取り逃がしたり、いつまでも犯人の素性をつかめずにいたら、きっとひどい言われようだろう」

「ネットとかで非難囂々(ひなんごうごう)でしょうね」

「想像しただけで、頭が痛いよ」

「それで、どうなんです? 捕まえられそうなんですか?」

「全力を尽くしている。言えるのはそれだけだ」

長谷川が何か言いたげにしている。彼が口を開くと面倒なので、貝沼は記者たちを追い払うことにした。

「十時の発表を待つんだ。さあ、私に仕事をさせてくれ」

話は終わりだとわかったのだろう。記者たちは散っていった。長谷川はどうしようか迷っている様子だったが、結局他社の記者たちといっしょに去っていった。

それを見て貝沼は、ほっとしていた。


それからしばらくは平穏で、書類の判押しがはかどった。九時半頃のことだ。ふと眼を上げると、日向二課長の姿が見えたので、貝沼は思わず悲鳴を上げそうになった。

日向課長は、玄関から真っ直ぐ貝沼の席に向かってきた。貝沼は立ち上がった。

「副署長」

日向課長が言った。「署長にお目にかかりたいのだが……」

クビの宣告に来たのだろうか。

だが、考えてみれば、二課長に署長のクビを切る権限などない。

「あの……、ご用件は？」

「人事一課の豊島課長が来たようですね」

「来ました」

「どんな話をしたのか、詳しくうかがいたい」

貝沼も、日向課長に訊きたいことが山ほどあった。

「ここでお待ちください」

貝沼は署長室を訪ねて、日向課長が来たことを告げた。

「あら。すぐにお通しして」

「よろしいのですか？」

署長がきょとんとした顔で貝沼を見る。

「いいに決まってるじゃない」

やはりこの神経が理解できない。

貝沼はそう思いながら、日向課長を署長室に招き入れた。

とたんに、凜としていた日向課長の表情が弛んだ。

「署長。お忙しいところを、お邪魔します」

「忙しくなんてないわよ。どうぞ、ソファにおかけください」

「失礼します」

日向課長が来客用のソファに腰を下ろすと、署長は席を立ってソファにやってきた。

貝沼はその二人の様子を出入口でぼんやりと眺めていた。

日向課長が言った。

「副署長。取り次いでくれてありがとうございます。もうけっこうですよ」

「できれば、私もいっしょに話をうかがいたいのですが……」

日向課長が冷ややかな眼差しを貝沼に向ける。やはりだめか。こいつは追い出されるな
……。そう思った。

署長が助け船を出してくれた。

「副署長は、戸高の八百長のことを、ずいぶんと気にかけているようなんです」

日向二課長が署長に言った。

「捜査のことを、副署長に話したのですか?」

「話さなくても嗅ぎつけるんです」

日向二課長が貝沼を見て言った。

「秘密を知っている人は少ないほどいいのですがね……」

「秘密と言っても……」

貝沼は言った。「もう、検察も知っているのでしょう?」

日向課長が言った。

「そう。この件は、地検主導なので、絶対に秘密を守らなければならないんです」

貝沼は、またしても絶望が忍び寄ってくるのを感じていた。

11

「戸高が八百長で万舟券を当てたというのは、本当のことなんですね？」

貝沼が尋ねると、日向課長は言った。

「豊島人事一課長は、そのことで大森署にやってきたのですか？」

藍本署長がこたえた。

「……というか、スポーツ新聞の記事を見て、いろいろ想像なさったようですね」

「想像した？」

「記事に載っていた警察官が、大森署にいるんじゃないかと思っているようでした」

「戸高君のことは、まだ知らないんですね？」

「知りません。ただ……」

「ただ？」

「監察を動かして調べると言ってました」

日向課長は眉をひそめた。

「まさか、本気じゃないでしょうね……」

「どうでしょう。何だか意地になっているようにも見えましたけど……」

「ああ……」

日向課長は、小さく溜め息をついた。「あの人は、そういう人です」

「真面目な人なんですね」

「真面目というか……。権力欲が強いですね。非違行為を見つけると、鬼の首を取ったように嬉しがるんです」

「じゃあ、本当に監察に調べさせるかもしれませんね」

「あり得ますね。しつこいですから」

署長が肩をすくめた。

「まあ、監察をされても別に困ることはありませんけどね……」

「それはそうですが、捜査のことをあれこれ訊かれるのは嫌ですね」

貝沼は、この二人のやり取りに戸惑った。

「あの……」

貝沼は言った。「監察が動けば、戸高のことが知られてしまうでしょう」

署長と日向課長が同時に貝沼のほうを見た。貝沼はたじろぎながら、さらに言った。

「質問を繰り返しますが、戸高が万舟券を当てたことは事実なんですね？」

「事実よ」

署長が言った。「そんなことはとうに承知しているでしょう？」

「いや……。もし、私の勘違いならいいのになと思いまして」

日向課長が貝沼に言った。

「戸高君は、見事に万舟券を的中させ、配当は約二千万円になりました」

「金額は存じております。そこの金庫に入っていますので……」

「それ以上、何を訊きたいのです?」

「あの……」

貝沼は、日向課長からはっきりしたこたえを聞けていないので、さらに質問を繰り返した。

「その万舟券を、八百長で当てたというのは本当のことなのですね?」

日向課長がこたえた。

「ええ、そうですよ」

それがどうした、という口調だ。

「公務員が公営ギャンブルをすること自体は、違法ではないので、監察に知られても問題はないでしょう。しかし、八百長となれば話は別です。それは犯罪行為ですから……」

「ええ、そうですね。モーターボート競走法違反です」

「監察がそれを知ったら、戸高が検挙されるということですよね」

「え……?」

え、じゃないよ。

「戸高は、署長といっしょに勤務時間中に平和島に行っていました。監察はその事実も明らかにするでしょう。すると、署長の責任も問われることになります」

「ちょっと待ってください」

「戸高は逮捕され、署長は更迭、そして懲戒ということに……」

日向課長は署長に言った。

「副署長はご存じないのですか?」

「マル秘と言われましたので、話してません」

「あ、そうでしたか」

「話していない……?」

貝沼は尋ねた。「あの……、何をお話しになっていないと……」

日向課長は貝沼に言った。

「副署長の質問におこたえしましょう。戸高君が八百長で万舟券を当てたのかという質問ですね。こたえはイエスでもあり、ノーでもあります」

「どういうことでしょう」

「戸高君は、ある特定の選手が怪しいという情報を得ていました。その上で舟券を買ったので、それが八百長と言われればそうかもしれません。しかし、戸高君自身がその選手と連絡を取り合っていたわけではないので、彼の八百長ではありません」

「何だかよくわかりませんが、八百長ではなかったと思っていいということですか?」

「戸高君は八百長をやっていません。八百長を摘発するのが任務でした」

「八百長を摘発するのが任務……」

「そうです」

貝沼は、ぽかんとしてしまった。

肩透かしを食らったような、ほっとしたような、ばかにされたような、複雑な心境だった。

日向課長の言葉が続いた。

「もともと東京地検特捜部から来た話なので、くれぐれも口外しないようにお願いします」

「東京地検特捜部……。あ、それで、地検主導の事案だと……」

勘違いしていたのだ。戸高が八百長をやっており、その話が検察まで行っているのだと思い込んでいた。

「そうです。地検特捜部が八百長の疑いで、ある選手をマークしていました。我々捜査第二課が、その捜査を手伝うことになったのです」

「そこで、管内に平和島があるうちの署に相談にいらしたの」

署長が言った。

日向課長がうなずいて話を引き継いだ。

「競艇に詳しい署員がいらっしゃるというので、担当してもらうことにしました」

貝沼は言った。

「戸高のことですね？」

「特命よ」

署長が言った。「マル秘のね」

何だか嬉しそうだ。

特命という言葉は便利だなと貝沼は思った。まるで特権を与えられたような気分になる。だが、実際は仕事が増えるだけなのだ。

戸高の場合も、ルーティンに加えて、八百長捜査を命じられたということだ。だがまあ、彼の場合、趣味と実益を兼ねているのだろう。

日向課長が言った。

「戸高君は、オッズ表を見るだけで、どのレースが怪しいのかをすぐに言い当てた。そして、怪しい選手も言い当てたんです」

「へえ……」

平和島通いも役に立つことがあるということだ。

「地検特捜部に競艇に詳しい人はおらず、ここは戸高君を頼りにしようということになりました。当時、地検特捜部で問題になっていたのは、八百長の事実が今一つ明らかでないということでした。特捜部の中でも、八百長があるのかないのか意見が分かれていたのです。そんなときに、戸高君が言いました。じゃあ、俺が証明してみましょう、と……」

「あ、それで舟券を買ったわけですか?」

日向課長はうなずいた。

「八百長の手を読んで、舟券を買ってみようと言ったんです。元手の二十万円は、地検特捜部が出しました」

署長が言った。

「レースに私が同行したのは、もう知ってるわね」

貝沼はこたえた。

「存じております。ですが、同行されたのはなぜですか?」

「証拠物件の管理責任者は私よ」

「配当金は証拠物件ということですか」

「そう。戸高が、検察から預かったお金をちゃんと運用するように見届ける義務があったの」

うまいこと言っているが、きっと競艇をやってみたかっただけなのだ。

「いやあ、驚いたよ」

日向課長が言う。「戸高君は見事に万舟券を当てて、その配当金が二千万円だ」

「じゃあ、こういうことですか？」

貝沼は、混乱した頭の中を整理するために言った。「戸高は、八百長を証明するために、地検特捜部から二十万円を与えられ、それで舟券を買ったら、それが万舟券となったと……」

「そうです」

「戸高が八百長をやったわけではないのですね？」

「副署長、八百長ってどんなものか知っていますか？」

改めてそう訊かれると、どうこたえていいかわからない。

「何か不正なこと、というくらいの認識しかありませんね」

「レースにおいて、何らかの方法で順位を操作する。その情報を入手している者が、それに合わせて舟券を買う。それで八百長が成立します。つまり、選手と舟券を買う外部の人間が連絡を取り合わなければなりません。戸高君は、選手と連絡を取ったりはしていません」

「なるほど」

「実は、今回どうやって戸高君が万舟券を当てたのか、私も詳しく知らないのです。ですから、今度、戸高君からレクを受けなければならないと思っているのです」

レクは霞が関用語で、レクチャーのことだ。いかにもキャリアらしい言い方だ。

「それ、私もぜひ聞きたいわ」

「善は急げです。担当の検事に電話してみましょう。失礼します」

日向課長は携帯電話を取り出してかけた。短いやり取りの後、電話を切ると、彼は言った。

「今日の十六時なら時間が取れるそうです」

貝沼は言った。

「では、戸高の予定と調整しましょう」

「わかりました。私はいったん本部に戻りますので、連絡をください」

腰を上げかけた日向課長に、貝沼は尋ねた。

「あの、一つうかがいたいことがあるのですが……」

再び腰を落ち着けた日向課長が言った。

「何でしょう?」

「豊島課長のことです」

「豊島課長の……?」

日向課長は眉をひそめる。彼のほうも、豊島課長にあまりいい感情を抱いていないらしい。

「その……。豊島課長は、日向課長の話題になると、ちょっと感情的になるような気がするのですが……。何か事情がおありなのかと思いまして……」

「立ち入った質問で、気に障ったら、許してくださいね」

署長が言った。「私が、副署長に、調べておいてって言ったものだから……」

日向課長にほほえみが戻った。

「かまいません。たしかに豊島課長は、私を生意気だと思っているようです」

「あら、生意気？」

「ええ。豊島課長は、私より七期上ですが、私が対等な口をきくのが気に入らないようです」

キャリアの期の違いは、地方（じかた）よりも厳しいと聞いたことがある。キャリアは同期が一斉に昇進していく。地方のように年齢と階級のばらつきがないのだ。

「……で、あの人、こだわりの人なんです」

「ああ。それは何となくわかるわね」

「本部のキャリアでカラオケ大会があったんです」

「カラオケ大会……？」

「都道府県本部、それぞれにキャリア会があって飲み会をやるでしょう。その一環です」

「カラオケ大会で何があったの？」

「私が、豊島課長の十八番（オハコ）を歌ってしまったんです」

「ああ、それ、わかるわあ」

貝沼は思わず聞き返した。

「え？　わかるんですか？」

署長がこたえた。

「生真面目でこだわりの人なんでしょう？　きっと、その曲に命懸けているのよ」

「いや、命は懸けていないと思いますよ」

「それ以来、何かと私に当たるようになりましてね……」

そんなことで人間関係がおかしくなるのか。キャリアはいったい、何をやってるんだ……。

貝沼はそんなことを思った。

「さて、それでは、本部で連絡をお待ちしております」

日向課長は席を立ち、署長室を出ていった。

貝沼は全身から力が抜けているのを自覚していた。戸高は逮捕され、署長はクビ。そう思い込んでいたのだ。

今にもへたり込んでしまいそうだった。早く席に戻って自分の椅子に座りたい。

「では、戸高と段取りをつけますので……」

「ここから電話すればいいじゃない」

前の署長にも同じことを言われたのを、貝沼は思い出していた。

「では、失礼します」

署長席の警電を借りて、戸高の携帯に電話した。

「今、外か?」

「ちゃんと仕事してますよ」

「午後四時に、署長室に来られるか?」

「十六時ですね。了解です」

貝沼は受話器を置くと、戸高が了承した旨を署長に知らせた。

「わかったわ。じゃあ、日向課長に知らせておく」

「お願いします」

礼をして部屋を出ようとすると、署長が言った。

「東京地検特捜部の検事が来るのよね？」

「そのようですね」

「二千万円、どうしようかしら……」

「え……？　証拠物件ですよね。地検に返却するんじゃないんですか？」

「検察から手渡されたのは二十万円よ。返却するとしたら、その金額でしょう」

「では、残りの一千九百八十万円は……？」

「それ、どうしたらいいと思う？」


貝沼は、副署長席に戻り、ぐったりと背もたれに体を預けた。

戸高の非違行為はなかった。非違行為どころか、捜査二課長が感心するほどのいい仕事だったということだ。

戸高の逮捕も、署長のクビもない。晴れ晴れとした気分だった。

署長は、一千九百八十万円をどうするか考えている様子だが、そんなことは今の貝沼にはどうでもよかった。地検と署長が話し合って決めてくれればいいのだ。

すっかり安心して、もしかしたら気が弛んでいるかもしれないが、それでもいいじゃないかと思った。久々にストレスから解放されたのだ。

長谷川が近づいてくるのが見えたが、気分が軽くなっているので、まったく気にならない。

「何か用かね？」

貝沼のほうから尋ねる余裕があった。

長谷川が言った。

「日向捜査二課長が来ていたみたいですね」

「ほう。日向課長を知っているのか？」

「警視庁のプレスクラブにも詰めることがありますから……」

「そうなのか？　大森署担当は、ずっと大森署にいるものと思っていた」

「当番とか、いろいろあるんですよ」

そうなんだろうなと貝沼は思った。もちろん、大森署にも当番がある。一階の当直室に詰めて宿直をするのだ。

新聞社も似たようなものなのだろうと思った。

「別に本部の課長が署にやってくるのは珍しいことじゃないよ」

「大森署は、幹部の出入りが多いですよね」

「理由は知ってるだろう。署長は人気があるんだ」

「その署長にお話をうかがいたいのです」

「用もないのに会わせるわけにはいかないと言ってるだろう」

「用はあります。勤務時間中に署員といっしょに競艇場に行ったことについて、うかがいたいんです」

真相を知る前だったら、この一言で胃が痛くなる思いをしたはずだ。だが、今は平気だ。

「そんなことを、記者に話す必要はない」

「なぜです？　こっちには知る権利があります」

「我々には秘匿する権利がある」

長谷川は目を丸くした。

「本気で言ってるんですか？　信じられないな。人権の勉強をしたほうがいいですよ」

マスコミの上から目線にはいつも腹を立てている。だが、今日は別だ。事実を知って優位に立っているからだ。

「誰を相手にものを言ってるんだ。警察が捜査情報を秘匿するのは、当たり前のことじゃないか」

「署長が競艇に出かけたのは、捜査情報とは関係ないでしょう」

「どうだろうね」

これは情報漏洩ぎりぎりの線だ。

勘のいい記者なら、これだけでぴんときて、「何の捜査ですか？　もしかして八百長ですか」などと質問をしかねない。

長谷川が鈍い記者でよかった。鈍いというか、視野が狭いのだろう。勘がいいというのは目配りができているということなのだ。

「ちょっとでいいんで、話を聞けませんか？」

「だめだよ」

「参ったな……」

「何を参ってるんだ」

「デスクに、競艇の件を話したらどやされましてね。警察官が公営ギャンブルをやったからって、それで記事になるのかって……」

ざまあみろ。

「それはお気の毒だね」

「さらに、スポーツ紙の後追いしてどうなるとも言われました」

「デスクの言うとおりだと思うよ。他紙は怪盗フェイクのことを追っているようじゃないか。競艇のことなんて気にしていたら、出遅れるよ」

もし、長谷川に本物の根性があって、デスクに何を言われようが競艇の話を追いつづけていれば、地検特捜部が八百長を摘発したときに、他社よりかなり優位に立てるはずだ。

だが、長谷川に手柄をやる義理はない。

「じゃあ、怪盗フェイクのこと、何か教えてくださいよ」

そう言う長谷川を、貝沼は追い払った。

12

午前十一時を過ぎると、署長が部屋から出てきて言った。

「じゃあ、出かけるわね」

貝沼は、署長の予定を思い出した。

「ああ、区のお偉いさんとの昼食会ですね」

「そう。情報交換と警察のＰＲ」

それから署長は真顔になって付け加えた。「大事な仕事よ」

あ、何かおいしいものを食べに行くんだと、貝沼は思った。つまらない食事会なら、わざわざ「大事な仕事」などと言う必要はない。

こういうところ、隙だらけなんだがなあ……。貝沼は、その後ろ姿を見て思う。

いや、こういうところというか、あらゆる点で隙だらけだ。だが、気がつくと問題が解決していたりする。問題のほうから、署長を避けていくような気がする。

あ、まるで武術の達人のようではないか。貝沼はそんなことを思った。

武術の達人は、どこから見ても隙がない。だが、さらに上の境地に行くと、隙だらけに見えるらしい。隙だらけだが、打ち込んでも打ち込んでも攻撃がかすりもしないのだ。

そこまで考えて、貝沼はかぶりを振った。

いや、署長の場合はただの天然だろう。

警電が鳴り、貝沼は受話器を取った。

「斎藤です」

「どうした？」

「豊島人事一課長からお電話ですが……」

心配そうな声だ。貝沼は平気だ。

「つないでくれ」

しばらくして、豊島課長の声が聞こえてくる。

「日向が行ったらしいですね」

「いらっしゃいました」

「署長に会ったのですか？」

「はい」

「何の話をしたのです？」

「万舟券の話など……」

「私にできない話を、日向にはしたということですか？」

「そういうことになりますか……」

「それについては、おこたえできないと、署長が申したはずです」

「万舟券を当てた者が、大森署にいるということでよろしいですね？」

豊島課長は怒りを募らせている様子だ。

「なぜ言えないのですか？」

「日向課長にかたく口止めされていますから」

「日向の言うことは聞くのに、私の言うことは聞けないのはなぜです？」

「捜査上の秘密ということですので……」

「何が捜査上の秘密だ」

激高してきた。やはり、日向課長がらみの話になると感情的になるようだ。

カラオケの十八番が何の曲なのか訊いてやろうか。ふとそんなことを思ったが、余計な質問をして敵を作るほど貝沼は愚かではない。

「とにかく、私からは何も申せません」

「署長に代わってください」

「申し訳ありません。署長は留守にしております」

「何時に戻りますか？」

「たしか、午後一時過ぎには戻る予定ですが……」

「戻ったら、電話をいただきたいと伝えてください」

電話が切れた。

大森署の側に非違行為がないという自信があるので、豊島課長が腹を立てようが気にならなかった。

先ほどまでびくびくと怯え、不安に苛まれていたのが嘘のようだ。

心に余裕ができると、溜まっている書類もそれほど気にならない。貝沼は、鼻歌を歌い出しそうな気分で判押しを始めた。

予定どおり、午後一時を過ぎた頃、署長が戻ってきたので、豊島課長からの電話のことを伝えた。

「電話がほしいと言っていました」

「そう。わかった」

署長室に入るとすぐに、署長は電話をかけたようだ。

しばらくすると、呼ばれたので、貝沼は署長室に行った。

「これからいらっしゃるそうよ」

「豊島課長がですか？」

「そう」

「日向課長に話せるのに、自分に話せないのかと言っていました」

「何とこたえたの？」

「日向課長にかたく口止めされているから、と……」

「事実だから、仕方がないわよねえ……」

署長は困った様子だ。だが、本当に困っているかどうか、貝沼にはわからない。

「どうなさいます？」

「とにかく、会って話をするしかないでしょう」

「そうですね」

貝沼は考えながら言った。「署長に会うだけで、先方は満足なのかもしれませんから……」

「あら、それ、どういうこと？」

本当に不思議そうな顔をしている。

「本部や方面本部の幹部の方々は、署長に会うのが目的で署にいらっしゃるのです」

「そりゃ、そうでしょう。私は大森署の責任者ですから」

「いや、そういうことではなく……」

「じゃあ、どういうこと？」

「すみません。余計なことを言ったようです。忘れてください」

「豊島課長が来たら、副署長も同席してくださいね」

「承知しました」

それからほどなく、豊島課長がやってきた。すぐに署長室に通したが、ずいぶんと機嫌が悪そうだ。

署長の笑顔を見ても目尻が下がらない。日向課長の件で、よほど腹を立てている様子だ。

「今日ははっきりさせていただきますよ」

豊島課長は切り口上で言った。

署長が笑顔のままこたえた。

「万舟券のことでしょうか？」

「そうです。私は本気で監察を動かすつもりです。明日にでも調査を始めますよ」

「それは困りますねえ。でも……」

「でも、何です？」

「何度も申しますけど、たとえ相手が監察でも、捜査情報を洩らすわけにはいかないのはおわかりでしょう」

「私は大森署員に非違行為があったのかなかったのか、それをはっきりさせたいだけです」

「非違行為はなかったと、私が言っても信じてもらえないのですね」

署長がじっと豊島課長を見つめる。その眼差しは憂いを帯び、潤んでいるように見える。

貝沼は慌てて眼をそらした。危ない危ない……。引き込まれてしまいそうだ。

豊島課長を見ると、発熱したような顔をしている。彼も貝沼同様に眼をそらして、咳払いをした。

「私が信じるかどうかという問題ではありません。非違行為があれば、その事実を明らかにする。それだけのことです」

たいした自制力だと、貝沼は思った。署長の美人オーラに免疫のない者なら、悶絶してもおかしくはない。

「日向課長なら、事情をすべてご存じなんですけど……」

「だから、何です」

「話を聞く相手は、私たちじゃなくて、日向課長なんじゃないかしら」

「あいつとは話をしたくないんですよ」

それを聞いて、貝沼は言った。

「課長は、話をしたいかしたくないかで、尋問の相手を決めるのですか?」

豊島課長が言った。

「あなたたちは、そういうことを私に言える立場じゃないのですよ」

厳しい眼差しだ。署長を相手にするときとは大違いだ。

貝沼は負けじと言った。

「私どもは何も、事実を隠匿したいと言っているわけではないのです。本部の課長から口止めをされているから、我々から話すことはできない、その課長に事情を聞いてくれと言っているだけです。これは理屈が通っているはずです。なのに、その課長から話を聞くのは嫌だから、我々を監察にかけると、豊島課長はおっしゃる。それはあまりに理不尽ではありませんか」

「理不尽とは思いません。非違行為の疑いがあれば監察が調べる。それは当然のことです」

「日向課長と話をするのが嫌なら……」

署長が言った。「東京地検特捜部に事情を聞いてください」

豊島課長は眉をひそめた。

「地検特捜部……？」

「はい。地検特捜部も事情を知っているはずですから」

「私たちは、検察を監察する立場にはないと言ったはずです」

「監察するのではなく、事情を聞いてほしいと言っているのです」

次第に豊島課長の勢いがなくなってきた。

「……そりゃあ、必要があればそうしますが……」

「必要はあるんじゃないですか。だって、事実をお知りになりたいんでしょう？」

豊島課長は、しばらく考え込んでから言った。

「おっしゃりたいことは理解しました。持ち帰って検討します」

彼が眼を向けると、署長がにっこりとほほえんだ。豊島課長は、目眩を起こしたように額に手を当てた。ほほえみが眩しすぎたのだろう。

彼はそそくさと立ち上がった。

「追って連絡します。では、失礼します」

豊島課長が出ていくと、貝沼はやれやれと肩をすくめた。

席に戻った署長が言った。

「四時に、日向課長と東京地検特捜部の検事さんがいらっしゃるそうよ。副署長も、同席してね」

「承知しました」

貝沼は席に戻り、判押しを再開した。


午後四時五分前に、戸高が副署長席にやってきた。

「俺、署長に呼ばれる覚えはないんですけど……」

いつものように、少々ふてくされた体だ。

「二課長と特捜の検事も来るらしい。おまえから話が聞きたいそうだ」

「今さらですか……」

ぶつぶつ言う戸高を連れて、署長室を訪ねた。

「捜査二課長と、特捜部の検事さんが、あのときのことを詳しく聞きたいらしいの」

署長に言われ、戸高がこたえる。

「舟券を買ったときのことですね？」

「私も聞きたいわ。どうやって八百長を見抜いたのか」

「まあ、レースのことなら喜んでお話ししますがね……」

そこに、斎藤警務課長が顔を覗かせた。

「お客さまです。日向捜査二課長と、東京地検特捜部の検事が……」

「お通しして」

署長は席を立って、二人を出迎えた。検事と名刺を交換すると、署長は言った。

「やなぎらくさん……?」

「なぎらと読みます」

検事の名前は、柳楽隆弘(なぎらたかひろ)だ。年齢は四十代半ばから五十代前半といったところか。地検特捜部と聞くと颯爽とした切れ者の姿を想像するが、柳楽はそんな感じではなかった。

どう見ても、潰れそうな中小企業の経営者だ。戸高同様に、競艇場にいるのが似合いそうだ。

署長は日向課長と柳楽検事を来客用のソファに座らせると、自分も彼らの向かい側に腰を下ろした。

「二人も掛けて」

署長に言われて、貝沼と戸高もソファに腰かけた。

ふと見ると、柳楽検事は今にも泣きそうな顔をしているので、貝沼はびっくりした。

何事かと思っていると、柳楽検事が言った。

「署長は、弁天(べんてん)様か観音(かんのん)様ですか……」

「え……?」

さすがの署長も反応に困っている様子だ。

「こんなきれいな人は見たことがありません」

柳楽検事は、両手を合わせて署長を拝んだ。

実は、初対面の男性が署長に対してどういう反応をするか、貝沼はいつも楽しみにしていた。だが、さすがにこんな反応は初めてだった。

柳楽検事は、合掌したまま実際に涙を流しはじめた。

「あの……」

日向課長がすっかり戸惑った様子で言った。「よろしければ、さっそく戸高君から話を聞きたいのですが……」

「あ、すいません」

柳楽検事は大きなタオル地のハンカチを取り出して涙を拭いた。「私としたことが取り乱しまして……。じゃあ、さっそく私のほうから質問をさせていただきます」

署長が言った。

「お願いします」

「ああ……。観音様が私にお願いなどしないでください」

この検事、だいじょうぶか。貝沼は、戸高と顔を見合わせていた。

「ではまず……」

柳楽検事が咳払いをし、戸高に視線を向けて言った。「オッズ表を見たときのことから教えてください。オッズ表を見て、あなたはどのレースが怪しいかを指摘しました。どこがおかしいと思ったのですか？」

「不自然なのは、見ればすぐにわかりますよ」

戸高が言った。「競艇は、競馬なんかと違って、1レース当たりの売上金がそんなに多くない。だから、オッズがすぐに変動します。不自然な買い方をすれば、それがオッズに反映されるんです」

柳楽検事が尋ねた。

「具体的にはどういうことですか？」

「一号艇が人気なので、一号艇がからむ舟券の倍率は当然低くなるはずです。しかし、そうなっていないレースがあったとしたら、何か不自然なことが起きていると考えるべきです」

「不自然なこと……？」

「誰かが、不人気な舟券を普通よりたくさん買っているとか……。それで、一号艇が飛んだら、不人気の舟券を買った人は大儲けということになります」

柳楽検事と日向課長は釈然としない顔だ。貝沼も戸高の話がよくわからなかった。

署長が言った。

「日向課長と柳楽検事は、競艇をおやりになります？」

二人は同時にかぶりを振った。

日向課長が言った。

「いいえ、ギャンブルはやったことがありませんね」

柳楽検事が言う。

「私も競艇の経験はありません」

　署長が戸高に言った。

「一から説明する必要がありそうね」

　戸高がうなずいた。

「競艇は六艇のボートで勝敗を競います。一周六百メートルのコースを三周して早くゴールした者の勝ちです」

　柳楽検事が尋ねた。

「さきほど、一号艇が人気と言いましたね？　それはどういうことなんですか？」

「水上を周回するので、内側のコースが有利です。……で、一号艇はその有利な内側の一コースに入りやすいんです。そしてたいていは、実力があり勝率が高い選手に一号艇を割り当てるんです。有力選手がインの一コースに入れば、一位になる確率は八割以上でしょう」

「ならば、一号艇の舟券を買えば、確実に儲かりますね」

「競馬ならそういう賭け方をする人はいますね。でも、競艇で単勝の舟券を買う人はあまりいません。先ほども言ったように、規模が小さいので、あまり儲けが出ないんです。ですから、競艇では三連単を買うのが一般的です」

「三連単というのは、一位・二位・三位を着順どおりに予想することですね？」

「そうです」

「それを予想するのはたいへんですね」

「中央競馬は最大十八頭が競走します。それで、三連単を当てるのはたいへんなことですが、競艇は六艇で競うので、的中させるのは競馬ほど大変ではありません」

「なるほど……」

「実は、そこに八百長が付け入る隙もあるわけですが……」

柳楽検事と日向課長は、すっかり戸高の話に引き込まれている様子だ。貝沼も興味を覚え、戸高の話の続きを待った。

13

「付け入る隙というのはどういうことでしょう?」

柳楽検事が尋ねると、戸高が言った。

「競馬で、十八頭がレースに出るとします。その三連単、つまり一着、二着、三着を当てる組み合わせは、十八かける十七かける十六で四千八百九十六通りです。もし、ばりばりの本命が四着以下になることがあらかじめわかっていれば、その馬を外して十七頭での三連単を考えればいいわけですよね。つまり、その組み合わせは十七かける十六かける十五で四千八十通りです」

「よくわからないのですが……」

柳楽検事が難しい顔で言う。「その組み合わせの数が何か問題なのですね」

戸高はうなずいてから説明を続けた。

「一方、ボートレースは六艇での競技ですから、三連単の舟券は、六かける五かける四で百二十通りです。そして、例えば一号艇がわざと四着以下になることがわかっていれば、それを外して五艇の三連単を当てるということになりますが、その場合の舟券は五かける四かける三で、六十通りになるわけです」

「競馬に比べると、ずいぶん数が少ないですね。しかも、一艇減るだけで、組み合わせは半分になるんだ……」

「そこが狙われるわけです。競馬の場合、八百長をしても四千通り以上の馬券を買わなければならず、よほどの大穴でなければ利益が出ないため、八百長としての意味がありません。ところが、ボートレースだと六十種類の三連単の舟券を買えば確実に当たりがでるわけです」

「それでも、六十種類も買わなければならないのですね……」

「それぞれ一万円分の舟券を買ったとして、オッズが六十倍超ならば、儲けが出ます。例えば、百倍のオッズがついていれば、六十万円の投資に対して、百万円の配当ということになり、四十万円の儲けになります」

日向課長が言った。

「六十万円投資して、儲けが四十万円……。捕まる危険を冒してやるほどの儲けとは思えませんが……」

「実際の八百長では、投資額が何百万円にも上ることがありますし、八百長のやり方次第では、買う舟券の種類をさらに減らすこともできます」

「投資額が増えれば、儲けも増えるというわけですね……。買う舟券の種類をさらに減らすというのは……？」

「今説明したのは、最も単純な八百長です。つまり一番人気がある一号艇がわざと四着以下になるという方法です。もっと巧妙な方法もあります。つまり、人気の選手をブロックして着外にして、不人気の選手に勝たせるというような……」

「そんなことが可能なんですか？」

「実力のある選手になら可能ですね。そういうレース展開があらかじめわかっていれば、人気の選手と八百長の選手を外して買えばいい。つまり、その場合の舟券は四かける三かける二の二十四通りしかありません。それだけ投資するのが楽になるわけです」

日向課長が尋ねた。

「あなたは、二十四通りの舟券を買ったのですか？」

「いや、一点買いですよ。軍資金は二十万円だけですから……」

日向課長が眉間にしわを刻んだ。

「でも、単純な八百長なら六十通り、最低でも二十四通りの舟券を買わなければならないのですよね？」

「八百長を証明するためですから、あえて一点に絞りました」

「これまでの説明を聞いたところでは、八百長がわかっているからといって、とても一点に絞れるとは思いませんが……」

「そこは、オッズの流れを見たり、過去のデータや、選手たちの特徴を考慮して……」

「それでも確実な一点というのはあり得ません。あなたが買ったのは、確実な舟券ではなかったということになりませんか？」

「どんな八百長でも百パーセント確実なんてことはないんです。わざと負けようとしても、流れで三着以内に入ってしまうことだってあるし……。レースは水ものですから」

「つまりあなたは、地検から預かったお金でギャンブルをしたわけですね」

「競艇はもともと、ギャンブルでしょう」

日向課長は柳楽検事に言った。

「それについては、どうお考えですか？」

柳楽検事は困ったような顔でこたえた。

「いや、どうでしょう。まあ、経過はどうあれ、戸高さんは結果を出してくれましたから……」

「最低でも二十四通りは買わなければならない舟券を一点買いしたということは、たまたま運よく当たったということですよね？」

日向課長の問いに、戸高がこたえた。

「もともとギャンブルって、そういうもんでしょう」

日向課長はかぶりを振った。

「ギャンブルすることが目的ではなく、八百長を証明することが目的だったのです」

「ギャンブルではなく、八百長をやれということでしたら、選手と連絡を取らなくてはなりません。しっかり情報をもらい、事前に舟券を買うのですが、そうすると、俺もモーターボート競走法違反で捕まることになります。そして、さっきも言いましたが八百長が百パーセント成功するとは限らないんです」

「八百長が行われていることを証明する必要があるんです。それが我々の役目です」

「俺は役目を果たしたつもりですがね……」

「一か八かの一点買いでは、八百長を証明したことにはなりません」

貝沼は、ただ黙って二人のやり取りを聞いているしかなかった。正直言って、競艇の仕組みとか、八百長の説明についていけていない。

特に、三連単の組み合わせだとかの数字はよく理解できない。

ただ、日向課長の言い分もわからないではない。彼は、確実な証拠がほしいのだ。一方で、戸高の言うこともわかる気がする。

実際のレース中に、確実に八百長を証明することなど不可能なのではないか。戸高なりにやれるだけのことはやったはずだ。

互いの言い分はわかるし、ボートレースや八百長のことにまったく詳しくないので、貝沼は何も言えないのだ。

だが、このままでは二人の言い合いは平行線のままだ。貝沼がそう思ったとき、藍本署長が言った。

「戸高は、二十万円を二千万円にしたのよね……」

独り言のような口調だったが、その場にいた四人の男は、一斉に署長に注目した。

貝沼は言った。

「それが何か……？」

「いえ、それって、普通に考えると、すごいことなんじゃないかと思って……」

今さら何を言っているのだろう。

「たしかに、滅多にあることじゃないでしょう」

「だから、スポーツ新聞も記事にしたんでしょうね」

「あの記事が戸高のこととは限らないでしょう」

「それはどうでもいいんじゃない。つまり、すごいことだって言いたいの」

「それはそうですが……」

「この中で誰か、同じことができる？」

貝沼、日向課長、柳楽検事の三人は互いに顔を見た。

日向課長は、不可解そうな顔のままこたえた。

「いえ、誰も真似できないでしょう。なにせ、競艇のことなど説明されるまで何も知りませんでしたから……」

柳楽検事が言った。

「三連単の組み合わせのことなんて、聞いてもまだちんぷんかんぷんですよ。同じことなんてできるわけがありません」

「そうよね。……で、戸高に聞くけど、柳楽検事たちから八百長のことを聞いていなかったら、万舟券を当てることはできたかしら？」

「いや、無理だったでしょうね」

「そうよね。何度もチャレンジしたわけでもない。あの日いっしょに競艇場に行って、たった一度だけ舟券を買って、それが万舟券ですからね」

柳楽検事が言った。

「まさに奇跡のようですな」

「そう。戸高は誰もできないようなことをやってのけた。でも、それは八百長の話を知っていたからであり、どの選手が八百長をやっているか見当がついていたからなのよね」

日向課長が眉間にしわを寄せたまま言った。

「たしかにそうですが……」

「証明にはならなくても、説得材料にはなるでしょう」

日向課長が聞き返した。

「説得材料……？」

「そうです。犯罪を証明するためには、被疑者を逮捕して自供を取ればいい。でも、逮捕のための説得材料が必要ですよね。戸高がやったことは、充分にその価値があると思いますが……」

日向課長が考え込んだ。

貝沼は、柳楽検事を見た。

彼は手を合わせて藍本署長を見つめ、目を潤ませている。

「ああ、おっしゃるとおりです」

柳楽検事が言った。「なんと、まさに文殊菩薩（もんじゅぼさつ）の智慧。ああ、ありがたいありがたい……」

貝沼と日向課長は、しばし唖然としてその姿を見つめていた。

やがて、日向課長が言った。

「たしかに、何もかも戸高君に押しつけるのは、我々の怠慢かもしれません。柳楽検事が言うように、戸高君は結果を出してくれました。あとは、我々全員で確証を積み上げていけばいいのです」

藍本署長がほほえんだ。

「もちろん、大森署も協力しますよ」

そのほほえみの効果はやはり絶大だった。

日向課長は、戸高を責めていたことなどすっかり忘れたように上機嫌になった。

「では、私は警視庁本部に引きあげます」

藍本署長が「ご苦労さまでした」と言って、日向課長を送り出す。

すると戸高が言った。

「自分も、もういいですか？」

藍本署長がうなずいたので、貝沼は言った。

「ああ、ご苦労だったな」

競艇の話をするときは饒舌だったが、打って変わっていつもの無愛想な戸高に戻り、彼は署長室を出ていった。

「さて……」

柳楽検事が言った。「ありがたいご尊顔をいつまでも拝んでいたいのですが、そうもまいりません。私もそろそろ失礼するとしましょう」

藍本署長が言った。

「ちょっと、ご相談があるのですが……」

柳楽検事は身悶えするように言った。

「ああ、神様仏様が、私のような者に相談なさるなんて……。どうぞ、何でもおっしゃってください」

「実は、警務部の人事一課長に目をつけられてまして……」

「目をつけられる……？」

「戸高が万舟券を当てたことに勘づいているようで、それを問題視しているんです」

柳楽検事は、ぽかんとした顔になった。

「わかりませんね。それは捜査の上で必要なことだったんです」

「ええ。でも、日向課長が口止めをしていたので、戸高がやったことはすべて秘密にしていたんです」

貝沼がかいつまんで、豊島課長が大森署に疑いの眼を向け、監察をすると言っていることを説明した。

柳楽検事は藍本署長を見て言った。

「そんなことならお任せください」

「本当にお任せしてよろしいのですか？」

「私のような者がお役に立てるなんて、望外の喜びです」

彼はまるで神仏を拝むように深々と礼をして、部屋を出ていった。

「信心深い人なのかしらね」

藍本署長が言った。

貝沼はこたえた。

「いえ、そういうことではないと思います」

「とにかく、豊島課長のことを引き受けてくれるというのは、助かるわ」

「何かあったら、すぐに連絡しましょう」

「そうしてちょうだい」

「ところで、競艇の払戻金はどうなさるおつもりですか?」

「それなのよねえ。どうしたらいいと思う?」

「私にはわかりかねます」

「私にもわからない」

「いろいろ考えてみます」

藍本署長がにっこりする。

「そうしてくれると助かるわあ」

「考えると申しただけです。最終的な判断は署長にしていただかなければなりません」

「やっぱりそうよね」

署長が溜め息をついた。

副署長席に戻った貝沼を、関本刑事課長と七飯盗犯係長が訪ねてきた。午後五時頃のことだ。

「何があった？」

関本課長がこたえた。

「怪盗フェイクの新たな映像が見つかりました」

「また犯行があったということか？」

「いえ、そうではなく、過去の犯行の映像です。引き続き、防犯カメラの映像を収集し、解析を続けておりまして、新たに発見されたのです」

「いつの犯行だ？」

「三ヵ月ほど前です」

「その映像を今頃見つけたというのか？」

「ええ。映像解析というのはたいへんなんです」

「それはわかるが……」

「さらに、怪盗フェイクの場合、被害に気づくまでに時間がかかるという特徴的なパターンがあります」

「品物を偽物とすり替えられたことに気づくまでに時間がかかるということだな？」

「はい。防犯カメラがあっても、すでに犯行時の映像が上書きされて消えていることもあります」

七飯係長が控えめな態度で言った。

「ご存じのとおり、怪盗フェイクは犯行のたびに変装をして人着を変えております。ですから、解析して映像を発見するのに、ことのほか時間がかかります」

「どうやって見つけたんだ？」

「犯行があったと思われる日時を参考に、被害にあった品物の映像を探しました」

「なるほど……。その映像をわざわざ持ってきてくれたということか」

「はい」

関本課長が言った。「署長がご覧になりたがると思いまして……」

「たしかにそうだな」

貝沼は再び、署長室を訪ねることにした。

「あら、怪盗フェイクの新しい映像？」

案の定、藍本署長は目を輝かせた。

関本課長がこたえた。

「はい。正確に申しますと、新たに発見された過去の映像ですが」

「すぐに見たいわ」

「では、こちらに用意させていただきます」

関本課長が来客用の応接セットに眼をやった。

七飯係長が、ノートパソコンをテーブルの上に置き、マウスを操作した。準備ができると、藍本署長が応接セットにやってきてソファに腰かけた。

貝沼もノートパソコンのモニターを覗き込む。

七飯係長が動画を再生した。一分に満たない動画だった。七飯係長は、何度か繰り返し再生した。

藍本署長が尋ねた。

「どれが怪盗フェイク？」

貝沼にもわからなかった。

七飯係長がこたえた。

「この老紳士です」

老紳士というのは言い得て妙な表現だった。画面に映っているのは、白髪で、明るい青のジャケットにオフホワイトのチノパンツという出で立ちの老人だった。

口髭を生やし、薄い色の入った眼鏡をかけている。

「これが怪盗フェイクなの？」

藍本署長が感心したような口調で言った。「また全然違う人みたいね」

貝沼は言った。

「そうですね。体型も年齢も違って見えます」

関本課長が署長に尋ねた。「前回署長は、人着は違うが、手が同じだとおっしゃいました。

「どうでしょう」

我々にはよくわからないのですが、今回はいかがですか？」

画面は静止している。

藍本署長が言った。

「動いていないとわからないわね」

そういうものなのかと、貝沼は思った。そう言えば最近は、人着だけでなく歩き方などの動作で人物を特定する方法もあるという。

七飯係長が、動画を再生する。リピート再生だ。

じっと画面を見ていた藍本署長が言った。

「そうですね。たしかに他の二つの映像と同じ人の手に見えますね」

関本課長はうなずいた。

「実は、斎藤警務課長にもこの映像を見てもらいました」

署長は興味津々という様子で尋ねた。

「手口を見てもらったのね？　それで？」

「間違いなくすり替えをやっているということです」

藍本署長は、リピート再生されている映像をじっと見つめた。

「本当に手品のようね。言われないと気づかない」

貝沼は言った。

「言われてもわかりませんよ」

「それで……」

藍本署長が、関本課長と七飯係長を交互に見ながら尋ねた。「怪盗フェイクが大森署を狙っているとかいう情報はないの？」

「ありません」

関本課長が言った。「あったらたいへんです」

「そう」

署長室の金庫の中の金については、厳しく秘匿されている。だが、七飯係長は、どんな秘密も必ず洩れると言っていた。

貝沼はそれが気になっていた。

14

翌日、十月九日の午前九時三十分頃、斎藤警務課長が貝沼のもとにやってきた。

顔色が悪い。……というか、彼の顔色がいいところをあまり見たことがない。

「どうした？」

「本部の豊島課長がいらっしゃいます」

「豊島課長が？　いつだ？」

「じきに到着すると思います」

「わかった」

「だいじょうぶでしょうか？」

「何が？」

「監察の担当者を連れていくと言っていましたが」

日向課長から八百長捜査の話を聞く前だったら、貝沼も斎藤課長と同じような顔色になっていたかもしれない。

「だいじょうぶだ。あ、そう言えば……」

「何でしょう？」

「怪盗フェイクの新たな映像を見たそうだな。手口を君に確認してもらったと、関本課長が言っていた」

斎藤課長の顔色がほんの少しだけよくなった。

「ええ。間違いなくすり替えをやっていました」

斎藤課長がその場を去ると、貝沼は柳楽検事に電話をした。

「ああ、副署長。どうしました？」

「昨日お話しした人事第一課長が、これから署にやってくるのですが……」

「署長がお困りなのですね？」

「監察の担当者を連れてくると言っていました」

「すぐにうかがいます」

「ご面倒をおかけして、申し訳ありません」

「弥勒（みろく）様のような署長のためです。では……」

電話が切れた。

署長も、弁天にされたり観音にされたり文殊にされたり弥勒にされたり、えらいことだな。

貝沼はそんなことを思っていた。

午前九時五十分を過ぎた頃、豊島課長が乗り込んで来た。見たことのない男を連れている。年齢は四十代前半だろうか。銀行員のようにきちんと整髪し、紺色のスーツを隙なく着こなしている。

「署長に面会をお願いします」

豊島課長が貝沼に言った。

「そちらの方は？」

「監察官の下里(しもさと)です」

「官姓名を教えてください」

本人が名乗った。

「下里啓助(けいすけ)警部補、四十一歳です」

貝沼はうなずき、視線を豊島課長に戻した。

「ご用件をうかがいましょう」

「署長に直接伝えます」

「事前に私がうかがうことになっています。どこの署でもそうでしょう」

豊島課長は余裕の表情だ。

監察官を連れてきたことで、すでに勝ったような気持ちでいるのだろう。こちらが監察を恐れていると思っているのだ。

貝沼にも心の余裕があった。ただ、柳楽検事がやってくるまで、できるだけ時間を稼ぎたいだけだ。

「すでに、用件はおわかりのはずです。署長もおわかりでしょう。すぐに取り次いでください」

下里監察官がじっと貝沼を見ている。

嫌な目つきだなと、貝沼は思った。

もしかしたら、一般人は警察官に対して同じような感想を抱くのかもしれないと思った。

「わかりました」

貝沼は言った。「ご案内しましょう」


「あら、豊島課長。ようこそ」

藍本署長はいつもの笑顔だ。

豊島課長は何度か署長に会っているが、下里監察官は初めてだろう。貝沼は、彼の反応をうかがっていた。

まず、ぽかんと藍本署長の顔を見つめる。これはまあ、通常の反応だ。それから、下里監察官は、眼をそらして下を向いた。

署長を視界から追い出し、必死に理性を保とうとしているのだろう。さすがは監察官だと貝沼は思った。

その表情をうかがうと、ひどく悲しそうだった。それを見て貝沼は、なぜか子供の頃を思い出していた。

決して手の届かない憧れの存在を思うときの寂寥感を思い出したのだ。

ああ、こいつ、真面目なだけに思い詰めるタイプだな……。

豊島課長が言った。

「今日は、こちらの姿勢をはっきりさせようと思います」

署長がきょとんとした顔で豊島課長を見た。

「……とおっしゃいますと?」

どこまで本気でどこからが演技なのか、貝沼にもわからない。もしかしたら、百パーセント本気なのかもしれない。

豊島課長がこたえる。

「今日から監察を始めます。署員全員を調べるつもりですから覚悟してください」

「署員全員……? それはたいへんなお仕事ですね。下里監察官がお一人でなさるんですか?」

下里は顔を上げた。署長と眼が合ってしまい、「ああ」と悲しげな声を洩らした。彼は、やるせない感情に必死に耐えているのだろう。

藍本署長の魔力に屈服したのだ。豊島課長との勝負で、こちらがワンポイントリードしたと、貝沼は思った。

下里監察官が何も言わないので、豊島課長が言った。

「一人で無理ならば、何人でも送り込みますよ。とにかく、徹底的に調べますから」

「日向課長から話をお聞きになれば、そんな苦労をなさる必要はないのに……」

「え……？」

下里監察官が豊島課長に尋ねた。「日向課長？　捜査二課の？　どういうことです？」

豊島課長は、ひどく不機嫌そうな顔になった。

「日向のことなど、どうでもいい。あいつの名前など聞きたくもない」

「それで……？」

藍本署長が豊島課長に尋ねる。「監察って、どういう段取りで、いつから始めるのですか？」

豊島課長が下里監察官を見た。署長の質問にこたえたのは、下里監察官だった。

「こちらが用意した質問にこたえていただきます。尋問のためにどこか場所を用意していただけますか？　取調室などでけっこうです」

貝沼は言った。

「署員を取調室で尋問するというのか？　そんなことは認めないぞ」

豊島課長が言った。

「あなたに監察を拒否する権限はありません。さあ、さっそく始めましょうか」

どうやら本気で署員を調べるらしい。警察官は多忙だ。所轄は常に人手不足だし、捜査員の中には一分一秒を争う捜査に携わっている者もいる。

監察など迷惑この上ない。

懲戒を覚悟の上で、この二人を叩き出してやろうか。貝沼がそんなことを考えていると、ドアをノックする音がした。

署長が「どうぞ」と言うと、柳楽検事が入室してきた。

「やあ、どうも。遅くなりまして……」

「あら、柳楽さん……」

署長が眼を丸くしたので、貝沼は言った。

「ご指示のとおり、私が連絡して来ていただきました」

「あらそうなの。それはありがたいわ」

豊島課長が柳楽検事を睨み、それから藍本署長に尋ねた。

「どなたでしょう？」

「地検特捜部の柳楽検事です」

「地検特捜部……？」

豊島課長が眉間にしわを寄せて聞き返した。

「はい」

藍本署長がこたえた。「事情をよくご存じです」

「たしか、捜査二課が手がけている捜査は、地検も動いているということでしたね？」

「ええ」

「私が知りたいのは、二課の捜査の内容などではありません。大森署内での非違行為についてなのです」

「豊島課長が問題視されている競艇の件と、地検・捜査二課の捜査がおおいに関係があるのです。ですから……」

「時間の無駄です。すぐに署員の尋問を始めたいのですが……」

すると、柳楽検事が言った。

「あなたね、御仏に逆らったりすると、バチが当たりますよ」

豊島課長が眉をひそめて柳楽検事を見た。

「御仏……？」

「署長はきっと、仏様入滅の五十六億七千万年後に下生（げしょう）なさるという弥勒菩薩の化身に違いありません」

「ああ……」

下里監察官が悲しげにつぶやいた。「弥勒菩薩……」

豊島課長が下里監察官を睨んだ。それから、柳楽検事に視線を移して言った。

「署長に逆らっているわけではありません。人事一課の課長として当然の要求をしているのです」

柳楽検事が言った。

「非違行為はありません」

「ですから、それをこれから調べようと……」

「万舟券を当てたのは、大森署の戸高という捜査員です」

「ほう。やっぱり大森署員でしたか。ではまず、その戸高から話を聞きましょうか」

「その必要はないと思います」

「必要があるかどうかは、我々が判断します」

「戸高さんが勤務時間中に競艇をやっていたとお考えなんですね?」

「そうなのですか? だとしたら大きな問題ですね」

「そして、八百長をやったのではないかと、あなたはお疑いのようだ」

「そういうことをはっきりさせたいのです」

「はい。戸高さんは、勤務時間中に平和島競艇場に行き、八百長の疑いがあるレースの舟券を買い、それが万舟券になりました」

豊島課長が下里監察官に言った。

「今の話を聞いたな?」

「はい」

豊島課長が柳楽検事に言う。

「それでも非違行為はなかったとおっしゃるのですか?」

柳楽検事はあっさりと言った。

「ありませんでした」

「勤務時間中にギャンブルをやり、それが八百長の疑いがある。これは間違いなく非違行為ですし、犯罪ですらあります。戸高は厳しく処罰されなければなりません」

そのとき、藍本署長が言った。

「私も戸高といっしょに競艇場に行ったので、私も処罰されなければなりませんね」

豊島課長は、驚いたように聞き返した。

「署長がいっしょに……?」

「ええ。その場で舟券を買ったことも知っています」

「ならば処分は免れませんね。ただし、それは私ではなく、もっと上のほうで判断することになるでしょう」

キャリアは国家公務員なので、その監察については警察庁が扱う。

柳楽検事が言う。

「戸高さんも署長も処分の必要などありません。ああ、そんなことを言うと、本当にバチが当たりますよ」

「あなたはなぜ、そう大森署をかばおうとするのです？」

「かばっているわけではありません。私が頼んだことですから……」

「どんなにかばったところで、大森署の非違行為は明白で……。え？　あなたが頼んだ……？」

「そうです。私が警視庁の捜査二課と大森署に頼んだことです」

「頼んだって、いったい何を……」

「舟券を買うことを、です」

「どういうことです」

「八百長の捜査ですよ」

「あ……。え……？」

「ある選手に八百長の疑いがあり、内偵を進めておりますが、いかんせん私も捜査二課長も競艇には詳しくない。そこで、管内に平和島がある大森署に相談したわけです。すると、競艇にとても造詣の深い捜査員がいると……。そう。戸高さんです。彼は言いました。では、自分が八百長の一味になったつもりで、舟券を買ってみましょう、と」

「それが万舟券に……。それ自体が八百長でしょう」

柳楽検事がかぶりを振った。

「戸高さんは、手口を見破っただけです。選手と連絡を取り合ったわけではないので、八百長ではありません」

グレーゾーンだが、ぎりぎりセーフだよなあ。貝沼は柳楽検事の話を聞きながらそう思った。

豊島課長はぽかんとした顔をしていたが、気を取り直したように言った。

「でも、戸高が勤務時間中に競艇場に行き、舟券を買ったことは間違いないんですよね？」

「捜査ですから、勤務時間中にやるのは当たり前でしょう」

「しかし……」

豊島課長はしきりに言葉を探している様子だった。結局、何を言っていいかわからないらしく、「何か言え」とばかりに下里監察官を見た。

下里監察官はその視線に気づいて言った。

「あの……。戸高が舟券を買った金は、自費ですか？」

柳楽検事がこたえた。

「公金です。地検が出しました。私が戸高に渡しました」

金額は言わなかった。賢明だと、貝沼は思った。

「捜査のために、公金で舟券を買ったということですね？」

確認するように下里監察官が言い、柳楽検事がこたえた。

「はい、そうです。公金と言ったのはつまり、捜査のための費用ということです」

下里監察官が豊島課長に言った。

「それなら、問題はなさそうですね」

豊島課長は、体面を保つために必死の様子だ。彼は、藍本署長に言った。

「どうしてそのことを説明してくれなかったのですか」

「口止めされていましたから……」

「口止め……。あ……。日向のやつに口止めされていると言っていましたね」

「そうです。地検特捜部が主導で、捜査二課が関わっている事案です。マル秘と言われたら、外部に洩らすわけにはいきません」

「しかし……」

豊島課長は恨みがましい顔で言った。「事情をちゃんと説明してくれれば、こんなことにはならなかったはずです」

「あら……」

藍本署長は言った。「私からは言えないので、日向課長に訊いてほしいと申し上げたのですが……」

豊島課長はたじたじだ。

日向課長とは話をしたくないなどと言って問題をこじらせたのは、他でもない豊島課長だ。

「なんと……」

柳楽検事が言った。「そう言われていたのに、捜査二課長から話を聞かなかったのですか？　それはいったいなぜです？」

この一言が決定打となった。

豊島課長が白旗を揚げた。

「事情はわかりました。我々は引きあげることにします」

藍本署長が尋ねた。

「監察はいいんですか？」

「けっこうです。疑いは晴れました」

「あ……」

下里監察官がちらりと署長を見て、泣きそうな顔で言った。「帰るんですか？」

「いいから来い」

豊島課長は署長に形ばかりの礼をすると出入り口に向かった。下里監察官が、悲しげにそのあとを追っていった。

二人が退出すると、署長は柳楽検事に礼を言った。

「おやめください。弥勒様が私のような者にお礼など……」

「実は、もう一つ相談があるのですが」

「相談？　何でしょう？」

「戸高が当てた舟券の配当金についてです」

「ああ、二千万……」

「どうしたらいいんでしょう?」

「ええと……。どうしたらとおっしゃいますと……?」

「もとはと言えば、地検のお金でしょう? 返却する必要があるのではないですか?」

柳楽検事は考え込んだ。

「地検の金といっても、我々が提供したのは二十万円ですから……。二千万円を返却する必要があるかどうかは……」

「じゃあ、二十万円だけ返せばいいんでしょうか?」

「いやあ、監察官にも言ったとおり、二十万円は捜査費用ですから……」

「でも、使ってなくなったわけじゃなく、増えたわけですから……。運用益ごと返却するべきじゃないかしら」

「運用益ですかね、これ」

二人はしばらく考え込んでいた。

やがて、柳楽検事が言った。

「私にはよくわかりません。舟券を当てたのは戸高さんですから、大森署で考えていただけませんか」

「それでいいのですか?」

いいわけがない。どんな結論を出しても、必ずどこかから文句が出るはずだ。柳楽検事には
それがわかっているのだ。

「とりあえず、今日のところはこれで失礼します」

柳楽検事は署長室をあとにした。

15

その日の終業時刻間際に、関本刑事課長と七飯盗犯係長が、貝沼の席にやってきた。関本課長はかなり慌てた様子だ。

「怪盗フェイクがＳＮＳに、犯行予告を書き込みました」

「犯行予告？」

「はい。それがとんでもない内容で……」

「どんな内容なんだ？」

「大森署の署長室にあるお宝をいただくと……」

「何だって……」

「日時は、十月二十三日木曜日の午後七時」

「日時を指定しているのか」

「ええ。犯行予告って、そういうものじゃないですか？」

「知らん。そうなのか？」

「実際に犯行予告なんてそうあるもんじゃないですが、小説とかドラマとかではそうでしょう」

「その日に何か意味があるのか?」

「さあ……。ただの木曜日だと思いますが……」

すると、七飯係長が言った。

「大安ですね」

七飯係長は関本課長のように慌てているようには見えない。いつものように捉えどころのない表情だ。

関本課長が言った。

「大安だって? 六曜だから、六日置きに大安が来るじゃないか」

「全部が六日置きになっているわけではありません。十九日が大安で、その四日後の二十三日がまた大安なんです」

「なぜだ?」

「十月二十一日が旧暦の九月一日に当たるからです」

「それで、どうして大安の日が変わるんだ?」

「旧暦の九月一日は、必ず先負になるからです。だから二十三日が大安になります」

貝沼は思わず眉をひそめて尋ねた。

「それが犯行予告と何か関係があるのか?」

七飯係長はこたえた。

「わかりませんが、関係はないと思います」

「じゃあ、なんでそんな説明を……？」

「課長が、大安は六日置きに来ると言ったので……」

「律儀にそんなところを突っ込まなくていい」

関本課長が言った。

「それより、重要なのは署長室にあるお宝という文言です。何のことか心当たりはありませんか？」

貝沼は再び七飯係長を見た。

「話してないのか？」

七飯係長がこたえた。

「私から洩れることはないと申し上げたはずです」

関本課長が尋ねた。

「何の話です？」

貝沼は言った。

「それは私の口からは言えない。犯行予告の件は、署長には報告したのか？」

「まだです。私も今聞いたばかりですから……」

「じゃあ、すぐに署長に伝えよう」

署長室を訪ねると、貝沼は犯行予告のことを説明した。

とたんに署長はうれしそうな顔になった。

「あら、本当に犯行予告があったのね？」

「そう言えば……」

関本課長が言った。「昨日、署長は、怪盗フェイクが大森署を狙っているとかいう情報はないかと、私にお尋ねになりましたね？」

「そうだったかしら」

「まるで、狙われることを予想されていたかのようです」

「予想なんてできるはずないわ」

「署長室にあるお宝って、いったい何なのです？　副署長も七飯係長も知っている様子ですが……」

「説明するより、その眼で見てもらったほうがいいわね」

署長は席を立つと金庫の前にやってきた。テンキーで暗証番号を打ち込み、ハンドルをひねる。

金庫のドアが開くと、関本課長は目を丸くした。

「何ですか、この金は……」

藍本署長がこたえた。

「詐欺事件で押収したお金よ」

「それは三千万円ほどのはずです。ここには、それよりはるかに多くの金があります」

「麻取りから預かったお金も入ってる」

「麻取りから……？」

「囮捜査に使う見せ金なのよ」

藍本署長は金庫の扉を閉めて、席に戻った。彼女が万舟券で入手した二千万円について言及しなかったので、貝沼はほっとしていた。

ここでその話をすると、ややこしくなる。そのことを知っている者は少ないほどいい。

藍本署長が言った。

「十月二十三日の午後七時に、怪盗フェイクがこの部屋にやってくるということね?」

関本課長が戸惑ったような表情でこたえた。

「もしそうなら、こんなに楽なことはありません。その場で捕まえてしまえばいいのですから……」

「できるかしら」

「できない道理はありません。金はこの金庫の中にあるのです。怪盗フェイクがそれを盗もうとしたら、この部屋にやってきて、金庫を開けなければなりません。我々は待ち構えていて捕まえればいいだけです」

「窃盗事件で捜査本部ができることはほとんどないのよね?」

「捜査本部はできなくても、何らかの集中的な捜査態勢を組む必要はあると思います。本部捜査三課でもそう判断するのではないかと思います」

「具体的には?」

「うちの盗犯係と捜査三課からの捜査員が中心になるでしょう。必要なら刑事課の他の係から応援を出します。それでも足りなければ、地域課などの協力を求めます」

「それって、捜査本部じゃない」

「呼び方の問題ですよ。捜査本部は殺人などの重大事件を扱うのが原則で、刑事部長指揮となりますので……」

「じゃあ、怪盗フェイクの件は、刑事部長は関与しないということ？」

「いえ、関与しないということではなく、責任の所在が違うということです」

「でも、都内で起きたすべての刑事事件の捜査責任者は刑事部長でしょう？」

貝沼は、関本課長に助け船を出すことにした。

「おそらく、捜査三課長が仕切ることになるでしょう。その場合、トップは署長ということになるかと思います」

　藍本署長が貝沼に言った。

「私が指揮を執ることになるってこと？」

「形式の上ではそうです。しかし、実際には捜査三課長か管理官、あるいは本部の係長が指揮することになるでしょう」

「どこかの部屋に詰めるのね？」

「それが効率的ですね」

「なんだ。じゃあ、捜査本部と変わらないじゃない」

「まあ、準捜査本部とでも言いましょうか……」

「わかった。じゃあ、ここに詰めて」

「え……？」

「前にも、ここを捜査本部代わりに使ったことがあったわよね」

「はあ……。しかし、ここに人を集めると、署長がお困りではないですか?」

「別に困らないわ」

「お出かけの際に、お着替えになることもあるでしょう」

「着替えなんて、どこだってできる。それに、二十三日までは、出かけるのをひかえるわ」

貝沼は驚いた。

「外での公務もおありでしょう。区の幹部との会合など……」

「副署長、代わりに行ってよ」

「それはいけません」

「どうして?」

「他の署の署長ならそういうこともあり得ましょうが、うちの場合、あり得ません」

「どうしてうちだけ特別なの?」

区の幹部はたいてい中年以上の男性で、みんな藍本署長に会えるのを楽しみにしているのだ。いや、男性だけではない。藍本署長は女性の区の幹部や区議会議員にも人気があると聞いている。

そんな場に貝沼がのこのこ出かけていくわけにはいかない。

「とにかく、ここにみんなで詰める。そうしましょう」

見た目やその口調のせいで、人はあまり気づかないが、署長はけっこう頑固だ。いったん言い出したことは曲げない。

貝沼は承知するしかないと思った。

すると、関本課長が言った。

「捜査三課の課長に相談する必要があると思いますが……」

「関本課長。悪いけど連絡してくれない？」

「私がですか？」

「あ、じゃあ、貝沼副署長に頼むわ」

そんなことだろうと思った。面倒なことは、たいてい貝沼に回ってくる。

「すぐに電話します」

貝沼がこたえると、関本課長が言った。

「じゃあ、我々は捜査の態勢を組むことにします」

「あ、ＳＮＳの書き込み、見られる？」

その署長の問いにこたえたのは、七飯係長だった。

「すでに拡散しているので、簡単に見られると思います」

「わかった」

貝沼、関本課長、七飯係長の三人は、いったん署長室を出た。

貝沼は関本課長に尋ねた。

「どんな態勢になりそうだ？」

「先ほど署長に言ったとおりです。うちは盗犯係が中心になります」

「本部からは地域担当の二人か……」

「捜査三課長も来るでしょう」

「実動部隊は大森署だな」

「盗犯捜査はたいてい所轄が動きます」

「わかった。すぐにかかってくれ」

「はい」

二人は刑事課に向かった。貝沼は席に戻ると、警視庁本部の捜査三課に警電で連絡し、課長を呼び出してもらった。

「ああ、貝沼さん？　ご無沙汰」

捜査三課長は、戸波市郎（となみしろう）。五十代の警視だ。

「怪盗フェイクの件、聞いたかね？」

「ああ、犯行予告だって？　本部でも話題になってるよ」

「いつもの二人が、こちらに来るんだよね？」

「そのつもりだ。俺も行くよ。どこか会議室を押さえてくれると助かるんだが」

「それなんだが、署長室を使えと、うちの署長が……」

「署長室？　そんなわけにはいかんだろう。署長の公務に差し支える」

「私もそう言ったんだが、なにせ署長が言い出したことなんで……」

「わかった。今からそっちに行く」

「え……？　もう終業時刻を過ぎてるぞ」

「犯行予告だぞ。署長はまだいるだろう？」

「まだ残っている」

「俺が行くまで待っているように言ってくれ。じゃあ……」

電話が切れた。

どいつもこいつも、言い出したらきかないやつばかりだ……。そんなことを思いながら、貝沼は受話器を置き、また席を立った。

戸波三課長がやってくると告げると、署長は言った。

「三課の課長？　初めて会うわね……」

「私はよく知っていますが……」

「どんな人？」

「地味です」

「地味……」

「細身で白髪頭。刑事というより、何かの職人みたいに見えます」

「へえ……」

「このあとのご予定は？」

「ないわ。会食が一つあったけど、重大事件が起きたからとキャンセルさせてもらった」

「重大事件というのは、怪盗フェイクのことですか？」

「もちろん」

「普通そう呼ぶのは、殺人とか強盗殺人のような事件なのですが……」

「あら、大森署の署長室に盗みに入ろうというのよ。重大じゃない」

「それはそうですが……」

「怪盗フェイク、どんな手を打ってくるかしら……」

「見当もつきません」

署長はまるで、怪盗フェイクがやってくるのを楽しみにしているようだ。

「私は席で戸波課長を待つことにします」

「わかった」

貝沼は席に戻った。

それから二十分ほどして、捜査第三課の戸波課長がやってきた。

「やあ、しばらくだなあ。あんた、変わらないね」

「そっちもな」

「署長、いるよね？」

「到着を待っていた」

「じゃあ、すぐに会いに行こう」

「あの……」

「何だ？」

「うちの署長と会うのは初めてだな？」

「ああ。キャリアなんだろう？　これまで縁がなかった」

「噂は聞いているか？」

「噂……？」

「警視庁本部や方面本部の幹部が、口実を作っては署長に会いにくるんだ」

「そうなのか？　所轄の署長に？　なぜだ？」

「たぶん、会ってみればわかるが、気をつけてくれ」

「気をつける？」

「免疫がない者がいきなり署長に会うと、正気を失うことがある」

戸波課長は眉をひそめた。

「何だそれは……。正気を失うほど恐ろしいってことか？　そんな人に、幹部たちがなぜ会いたがる」

「とにかく、気を強く持ってくれ」

貝沼は、署長室のドアをノックした。

「どうぞ」

その声を聞いて、戸波課長が言った。

「あ、そうか。大森署の署長は女性キャリアだったな」

貝沼はドアを開いて、戸波課長を署長室に誘（いざな）った。

署長が机の向こうで立ち上がる。

「初めまして。捜査第三課の戸波です」

おや、と貝沼は思った。

戸波課長はいっこうに動じる様子がない。初対面でこの落ち着きは、藍本署長を大森署に迎えて以来、貝沼は経験したことのないものだった。

署長がこたえた。

「藍本です。よろしくお願いします。ああ、貝沼副署長が言ったとおりだわ……」

戸波課長が聞き返す。

「何です？」

「まるで職人みたいだって……」

戸波課長が貝沼を見た。貝沼は少々慌てた。

「ああ……。署長にどんな人かと訊かれたんで……。失礼だったかな……」

「失礼なもんか」

戸波課長が言う。「職人ってのは、三課にとってはほめ言葉だよ」

「どうぞ、お掛けになって」

署長が来客用のソファを勧めた。

「失礼します。その前にちょっと……」

戸波課長は、鞄の中をごそごそと探りはじめた。「いつもはコンタクトレンズなんですが、今日は目の調子がよくなくて……。眼鏡をかけさせていただきます」

「目がお悪いんですか？」

「はあ。極度の近視でして……」

あ、と貝沼は思った。署長の顔が見えてなかったのか……。

戸波が眼鏡をかけて顔を上げる。まともに署長と眼が合った。

その瞬間に、戸波が倒れた。

ソファに横たわった戸波課長が、意識を取り戻したのは約十分後のことだった。

あわや救急車沙汰かと思ったが、精神的ショックのせいであることは明らかなので、様子を見ることにした。

警務課の係員を呼んで、倒れた戸波課長をソファまで運んだ。様子を見る間、貝沼は関本課長と七飯係長を呼んだ。

四人が見つめるなか、気がついた戸波課長が身を起こした。

「私はいったい……」

貝沼は言った。

「まだ横になっていたほうがいい」

「いや、だいじょうぶだ」

それから、彼は正面にいた署長を見た。また目眩を起こしたのか、目を閉じて額に手をやった。

気を取り直すように再び目を開いた戸波課長が言った。

「たいへん失礼をしました」

彼はソファで居ずまいを正した。貝沼は言った。

「俺が言ったことの意味がわかっただろう」

「ああ……」

「しかし、まさか気を失うとは……」

「心の準備ができていなかった。もうだいじょうぶだ」

ショック療法で免疫ができたということか。

「コンタクトをしていないので、顔が見えていなかったとはな……」

「面目ない」

「席を訪ねてきたとき、よく俺だとわかったな」

「知っている人なら何となくわかるものだ。副署長席にいるからあんただと見当がつくし……。これ、目の悪い人あるあるなんだ」

16

貝沼は、関本課長と七飯係長を紹介した。彼らもソファに座った。

戸波課長が署長に言った。

「捜査員を署長室に詰めさせるお考えのようですね？」

「ええ。署長指揮の準捜査本部ということですから……」

「署長には捜査以外の大切なお仕事があると愚考いたしますが……」

「だいじょうぶ。怪盗フェイクの捜査を最優先にするから……。面会や打ち合わせを他の部屋でやればいいだけのことよ」

「失礼……」

戸波課長が眩しそうな顔で言った。「やっぱり、眼鏡を外していたほうがよさそうだ……。あの、わざわざ署長の公務を他の部屋でやる必要がありますか？」

「怪盗フェイクの犯行予告はご覧になりましたか？」

「ええ。見ました」

「彼は、この部屋にある『お宝』を盗みに来るのです。だったら、この部屋に捜査員が詰めていたほうがいいでしょう」

「あ……」

戸波課長が言った。「なるほど、それなら怪盗フェイクもこの部屋に近づけない……」

「はい」

「ところで、彼が言う『お宝』というのは、何のことなのでしょう」

貝沼はそっと署長をうかがった。

署長は平然と金庫を指さした。

「あのことだと思います」

「金庫ですか……。それはあまりにベタですなあ……」

「ベタ？」

「ええ。ありきたりというか、当たり前というか……。怪盗フェイクって、もっと何か特別なものを盗むと思っていたのですが……」

貝沼は言った。

「ただの金庫じゃないぞ。警察署の署長室にある金庫だ。充分特別なものじゃないか」

「そう言われてみるとそうだけどなあ……」

「それに、捜査員がここに詰めるというんだ。どう考えたって、金庫破りをするのは不可能だろう。それを予告したんだ」

「あの……」

関本課長が言った。「怪盗フェイクが犯行予告をした段階では、捜査員が署長室に詰めるというのは決まっていませんでしたよね？」

貝沼はこたえた。

「予告をされたら、警備を固めるのは当然だろう。怪盗フェイクだってそれは予想しているはずだ」

戸波課長が眼鏡をかけてしげしげと金庫を見つめている。

「あの中には何が入っているんですか？」

「そりゃあ、いろいろよ」

藍本署長がこたえる。「大切なものが沢山入っている」

戸波課長は藍本署長に視線を向けて、慌てて眼鏡を外した。

「大切なもの……。例えば、どういうものです？」

「現金とか……」

「いくらくらい入っているんでしょうか？」

貝沼が言った。

「署の都合もあるんだ。そういうことは教えたくないな」

「捜査の上で必要なことだ。教えてもらうぞ」

藍本署長が言った。

「一億円くらい入っているかしら……」

「え……、一億ですか」

戸波課長が目を丸くする。「所轄にそんなに現金があるのはなぜです?」

関本課長が言った。

「全国的な詐欺事件があり、犯人グループから押収した金が三千万円ほどあります。他は、麻取りから預かった金だということですが……」

戸波課長があきれた顔をした。

「麻取りが七千万円もここに置いていったということですか?」

本当は七千万円ではないのだが、ここは余計なことは言わないほうがいい。そう思い、貝沼は黙っていた。

「とにかく……」

藍本署長は言った。「一億のお金があることは事実なの。そして、その大半は大森署のお金じゃない。だから、怪盗フェイクに盗られるわけにはいかないの」

「そりゃそうです」

戸波課長が言った。「窃盗を許すわけにはいきません」

「では……」

藍本署長が言った。「ここに捜査員を集める。それでいいですね」

戸波課長がうなずいた。

「地域担当の友寄と佐川を呼びましょう」

彼は携帯電話を取り出して連絡した。

貝沼は署長に言った。

「では、我々は態勢を整えますので、署長は帰宅されてはいかがですか？」

「みんなが帰らないのなら、私も帰らないわ」

「そうですか」

無理やり追い返しても仕方がない。

「名前が必要ね」

「名前……」

「そう。捜査本部じゃないんでしょう？」

「そうですね」

貝沼が言った。「マスコミが捜査員の動きに気づくでしょう。しかるべき呼び名が必要かもしれません」

「対策室でいいんじゃない？」

戸波課長が言った。

「対策という言葉は災害などの際に使われることが多いですね」

「そうでもないだろう」

貝沼は言った。「最近、うちのカイシャは、やたらに対策という名前がつく部署が増えたぞ」

「ああ、組対以来、そういう傾向があるな」

戸波課長がうなずいた。「薬物銃器対策課、暴力団対策課、サイバー犯罪対策課……」

藍本署長が言った。

「じゃあ、怪盗フェイク対策室でどう？　私は室長ね」

貝沼は言った。

「怪盗フェイクの名を出すのはマスコミ対策上まずいでしょう。具体的過ぎます。重要窃盗犯とかでどうでしょう」

藍本署長が語調を確かめるようにつぶやいた。

「重要窃盗犯対策室……」

関本課長が言った。

「いいんじゃないですか。捜査を前面に出した名前だと、すぐにマスコミが食いついてきますから……」

どんな名前だろうが、マスコミが食いつくことには変わりはないだろう。貝沼はそう思ったが、黙っていることにした。

署長が満足している様子だから、それでよしとしよう。

六時半頃に、捜査第三課の友寄と佐川がやってきた。二人は藍本署長を見ると、とたんにうれしそうな顔になった。

わかりやすいやつらだ。

戸波課長が二人に言った。

「電話で話したとおり、しばらくここに詰めることになる。さっそく情報の共有をしようと思う」

友寄がこたえた。

「大森署が入手した防犯カメラの映像は、すでにＳＳＢＣに送ってあります」

戸波課長が言った。

「ＳＳＢＣに解析を依頼したのか？」

すると藍本署長が言った。

「私がそうするように、友寄さんに頼んだんです。何か問題があったでしょうか？」

「問題なんてとんでもない。すばらしいご判断だと思います」

「よかった」

藍本署長がほほえんだ。戸波課長は眼鏡を外したままでよかったと、貝沼は思った。また気でも失ったらえらいことだ。

戸波課長は友寄に尋ねた。

「……で、解析結果はいつ出るんだ？」

「それはわかりません。できるだけ急いでくれと言ってはありますが……」

「盗犯は後回しにされがちだからな……」

戸波課長の言葉に、藍本署長が尋ねた。

「え？　そうなんですか？」

「ええ。私ら、ドロ刑なんて呼ばれてましてね……。忙しい割には注目度が低いんです。テレビドラマ見てもわかるでしょう。主人公はたいてい捜査一課か所轄の強行犯係です。捜査三課や盗犯係が主人公のドラマなんて、見たことがありますか？」

「ないわね」

「マスコミだって、窃盗をいちいち報道はしません。それは警察内部でも同じことです。鑑識とかＳＳＢＣとかに分析を依頼していても、殺人事件でも起きようものなら、たちまち後回しにされてしまいます」

「それはいけないわねえ……」

「それでいて、我々はとても忙しい。犯罪の大半が盗犯なんです。毎日毎日おびただしい数の窃盗事件が起きます。自転車泥棒や万引きから、置き引き、車上荒らし、空き巣……」

ああ、この人は相当溜まってるんだなあ。

貝沼はそう思った。年の割に白髪が多いのはそのせいだろうか。

「でも……」

藍本署長が言った。「今回の事件は、マスコミも注目するわよね」

戸波課長はうなずいた。

「ですから、何としても、怪盗フェイクを捕まえなければなりません」

「そうです。三課の誇りにかけてね」

「え……？」

「誇りをお持ちなのでしょう？　さきほど、職人と呼ばれるのはほめ言葉だとおっしゃいましたね。その職人技を結集して事件を解決しましょう」

戸波課長は、今にも泣き出しそうな顔で「はい」と言った。


その後捜査員たちは、怪盗フェイクの手口について話し合った。

七飯係長が、防犯ビデオに映っていた商品のすり替えについて改めて説明した。話を聞きおえると、戸波課長が言った。

「手品のようだと言うんだな？」

七飯係長がこたえる。

「百聞は一見にしかずです。ビデオをご覧いただきましょう」

パソコンを取り出し、動画を再生した。

「え？　すり替えなんてやった？」

戸波課長がそんな声を上げる。

七飯係長が言った。

「間違いなく、すり替えをやっています」

「ビデオで時計のすり替えを見た、こちらの警務課長が、その手口を詳しく解説してくださいました」

友寄が言った。「本物の時計と偽物の時計が同時に映っている場面があると、警務課長が言いました。その確認をＳＳＢＣに依頼したわけです」

戸波課長は腕組をして言った。

「変装も得意なんだね？」

七飯係長がこたえた。

「防犯カメラに何度か映っていますが、同一人物とは思えません」

「それはやっかいだなあ……」

友寄が言った。

「でも、手が同じだと……」

「え……？　どういうことだ？」

「それに気づかれたのは、署長なんです。変装していて全く別人のようだけど、手が同じだと……」

「それをＳＳＢＣには……？」

「伝えてあります」

「他には何か……」

戸波課長の問いに対して、関本課長がこたえた。

「ＳＮＳの書き込みについて調べています。ＳＮＳの管理者などに問い合わせをしていますが、投稿者を特定するのは難しいようです」

「それこそ、ＳＳＢＣの出番じゃないのか」

「では……」

友寄が言った。「重ねて、依頼しておきます」

すると、関本課長が言った。

「ＳＳＢＣというより、サイバー犯罪対策課とかじゃないですかね……」

「生安部か……」

戸波課長が難しい顔をした。「手を貸してくれるかな……」

それを聞いた貝沼は言った。

「いや、手を貸すとか貸さないとかじゃなくて、やれることをやるということじゃないのか」

「そりゃそうなんだけどさ……。長年盗犯担当をやっているとな、相手にされないんじゃないかって気になってくるわけさ」

「ひがみじゃないのか。盗犯担当がないがしろにされるはずがないだろう」

「実際にその立場になってみなけりゃわからないよ」

「とにかく……」

友寄が言った。「ＳＳＢＣとサイバー犯罪対策課に、ＳＮＳの投稿の件を相談してみます」

戸波課長が言った。

「そうだな。急いでくれ。予告の日時までそれほど時間がない」

午後七時を回ると、貝沼は藍本署長に言った。

「あとは我々に任せてくださってだいじょうぶです」

「室長の判断が必要になることはない？」

「戸波課長が判断されると思います」

「私は泊まりでもいいわよ」

「それには及びません」

貝沼はきっぱりと言った。

現場に署長のような幹部がいると、やりにくいこともある。

「そう」

藍本署長が言った。「帰宅するけど、もう少しだけここにいて様子を見るわ」

「承知しました」

「じゃあ、あとはお願いね」藍本署長はそう言って署長席に戻った。

署長がしばらく残ると知り、男たちのテンションが上がるのがわかった。

貝沼は言った。

「さて、全員がここにいる必要はない。シフトを組んで詰めることにしよう」

戸波課長が言った。

「当直だな。今ここにいるのが全部で、六人か……」

友寄が言った。

「副署長や課長たちは、常駐は難しいんじゃないですか?」

戸波がこたえた。

「犯行予告の日時までは、できるだけここにいることにするが、たしかにもう少し応援がほしいな……」

それを受けて貝沼は言った。

「盗犯係から何人か出せないか?」

七飯係長がこたえた。

「係の者はここにいるより外で捜査させたほうが効率がいいです」

関本課長が言った。

「他の係から人員を調達しましょう」

貝沼はうなずいた。

「頼む」

関本課長は警電の受話器を取った。

「しかし、一億円とはな……」

戸波課長が金庫を見つめてしみじみと言った。「念のために訊いておくが、署長の他に金庫を開けられる者は?」

貝沼は首を傾げた。

「さあ……。金庫のことなんて、普段まったく考えていないからなあ……」

「あんたは?」

「俺は暗証番号を知らない。おそらく知っているのは、署長だけだ」

「署長に万が一のことがあったらどうするつもりだ」

「考えたこともないな」

電話を切った関本課長が貝沼に告げた。

「強行犯係から二人補充しました。今からここに来ます」

「わかった」

それからほどなく、ノックの音が聞こえた。

「入ってくれ」貝沼が言うと、ドアが開いた。最初に入ってきたのは、強行犯係の山田太郎巡査長だった。彼はいつもと変わらず、表情にとぼしい。

もっとわかりやすく言うと、ぼうっとしているのだ。

続いて入室してきたのは、根岸紅美巡査だ。彼女の姿を見て関本課長が言った。

「ん……？　君は生安課だったな？」

根岸がこたえた。

「はい。少年係です」

「なんで生安が……？」

「戸高さんに、代わりに行ってくれと言われました」

関本課長は渋い顔をした。

「あいつめ……」

貝沼は言った。

「とにかく、二名補充できたことに変わりはない。では、当番のシフトを決めよう」

山田と根岸が、戸波課長に官姓名を告げると、七飯係長と友寄が相談しながらシフトの割り振りを始めた。

17

七飯係長が、署長室に詰める係員のシフト表を作った。友寄、佐川、根岸、山田の四人で四交替のローテーションを組む。

地域課などと同様の第一当番（日勤）、第二当番（夜勤）、非番（明け番）、週休の繰り返しだ。

当然だが、署長や貝沼、戸波三課長、関本課長、七飯係長はそのシフトに入らない。彼らは適宜、署長室に出入りする。

二十四時間誰かが署長室に詰めることになる。

「これならたしかに安心だけど……」

藍本署長が言った。「こんなに厳重に警戒をしていたら、怪盗フェイクが近づかないんじゃないかしら……」

貝沼は言った。

「それは願ったり叶ったりじゃないですか。犯行を防ぐことが何より重要なんです」

「そうかしら……。おびき寄せて捕まえなきゃ意味がないんじゃない？」

戸波課長が言った。

「おっしゃるとおりなのですが、警察署長室から多額の現金が盗まれたとなると、警察の名誉にも関わりますので」

「だから、捕まえればいいのよ。やってくる日時はわかっているんだし……」

「そこなんですよ……」

戸波課長が思案顔になる。藍本署長が尋ねた。

「そこって?」

「怪盗フェイクが、予告した日時に来るとは限りません」

「え?　それじゃ予告の意味がないじゃない」

「怪盗フェイクの側には意味があるのです。つまり、捜査の眼を予告の日時に集中させるわけです。そして、我々を出し抜く……」

「そんなのフェアじゃないわ」

「盗っ人と警察は頭脳戦です。要するにだまし合いです」

「じゃあ、怪盗フェイクは犯行予告以外の日時にやってくるということ?」

「そのために、二十四時間の監視態勢を敷くのです」

「なるほど……」

「ところで……」

「何でしょう?」

「捜査三課の課長として、ずっと気になっていたのですが……」

「何がですか?」

「金庫の上に無造作に置いてある花入れです」

貝沼はそちらを見た。いつも目にする一輪挿しで、花が活けてあったりなかったりする。そう言えば、前の署長のときにはなかったものだが、別に気にしたことはなかった。

藍本署長が言った。

「ああ……。赴任するときに家から持ってきたものですけど……」

「仁清ですね。京焼の逸品と見ました」

「あ……」

「へえ……」

七飯係長が言った。「それ、私も気になっていました」

藍本署長が目を丸くする。「さすが、お二人は目利きなのね」

貝沼は尋ねた。

「本物なんですか？」

「……だと思うけど……。たぶん、一千万円くらい」

貝沼は仰天した。

「え……？　どうして、こんなところに……」

「どうしてって、お花を活けるためよ」

戸波課長が藍本署長に尋ねた。

「赴任なさってから、ずっとここに置いてあるのですか？」

「ええ」

戸波課長は七飯係長に言った。

「これは、標的がわからなくなってきたな……」

七飯係長がうなずく。

「おっしゃるとおりですね……」

貝沼は戸波課長に尋ねた。

「それはどういうことだ？」

戸波課長は貝沼を見た。

「怪盗フェイクは、何を盗むか明言していない。署長室のお宝と言っているだけだ。おそらく、何らかの形で現場を下見に来ているだろう。そうしたら、当然あの花入れに目をつけるはずだ」

「金庫の中の金じゃないのか？」

「もし、やつが金庫の中身を知っていたら、当然金を狙うだろう。だが、もしそれを知らないとしたら、ターゲットにするのは、あの花入れなんじゃないか」

「そうですね」

七飯係長が言う。「第一、捜査員が張り付いているところで、金庫から多額の現金を持ち出すなんて、どう考えても不可能です。だったら、あの花入れを狙うほうが現実的です」

藍本署長がどこか残念そうに言った。

「現実的じゃつまらない。その不可能なことをやってのけるのが怪盗なんじゃないかしら」

七飯係長が言った。

「不可能なものは不可能なんです」

藍本署長は京焼の花入れに目をやって言った。

「あれが、怪盗フェイクをおびき寄せる餌になればいいんだけど……」

「私が怪盗フェイクなら……」

戸波課長が言った。「金庫の中身より、あの花入れを狙いますね。署長室から仁清の花入れを盗んだというだけで、彼のプライドは満たされるはずです」

「そうなれば、金庫の中の現金は無事ってことね？」

戸波課長がうなずいた。

「そういうことになりますね」

「しかし……」

貝沼は言った。「怪盗フェイクが金庫を狙う可能性もあるわけだな？」

「可能性はある。だが……」

戸波課長が言った。「二十四時間捜査員が張り付いている部屋にある金庫から、どうやって金を盗むんだ？」

貝沼は肩をすくめた。

「三課の課長にわからないものが、俺にわかるはずがないだろう」

戸波課長が難しい顔で言った。

「盗む物を明言していないから、実際何を盗むかわからない。そして、やつは変装の名人なので、神出鬼没だ。警戒の的が絞りにくいというわけだ」

貝沼は言った。

「だが、金庫も花入れもこの署長室の中にあるんだ。そして、署長室は今後二十四時間の警戒態勢になる。盗まれるわけがない」

それに対して、戸波課長が言った。

「だといいんだがな……」


翌日の日中は佐川が第一当番で、その他にも七飯係長や戸波課長が署長室に詰めていた。もちろん、藍本署長もいる。

貝沼は副署長席にいた。

そんな中、朝一番に、弓削方面本部長と野間崎管理官がやってきた。貝沼は立ち上がり、言った。

「どうされました?」

弓削方面本部長が言った。

「どうしたじゃない。SNSの予告のこと、聞いたぞ」

野間崎管理官が言う。

「どういう対応になっているんだ?」

「捜査員が二十四時間、署長室に詰めております」

弓削方面本部長が眉をひそめる。

「署長はどこにおられる?」

「署長室ですが」

「捜査員といっしょにいるということか？」

「そうですが、それが何か……？」

「それが何かって、署長の心理的なストレスのことを考慮したのか」

俺のストレスを考慮してほしい。そう思いながら、貝沼はこたえた。

「署長自身の指示ですので……」

「どんな指示だ？」

「署長室で準捜査本部の態勢を取るようにと……」

「準捜査本部の態勢だって？」

「はい。重要窃盗犯対策室と名付けました」

「とにかく、署長室の様子を見せてくれ」

「お待ちください」

貝沼は署長室に行き、弓削方面本部長たちが来たことを告げた。来客用のソファに座っていた七飯係長と友寄が、方面本部長と聞いて慌てて立ち上がった。

藍本署長が言った。

「あら、すぐにお通しして」

弓削方面本部長と野間崎管理官はドアの外で待っており、即座に入室した。

署長の顔を見るなり、弓削方面本部長の目尻が下がった。

藍本署長が弓削に言った。

「わざわざお越しくださり、恐縮です」

「大森署の一大事です。駆けつけますとも。署長室を準捜査本部にすると聞きました」

「はい。捜査員が詰めていたほうが安心できますし……」

「では、私もその重要窃盗犯対策室に参加することにしましょう」

それを聞いて、貝沼はびっくりした。方面本部長が捜査に参加するなんて、聞いたことがない。

藍本署長が言った。

「あら、それは心強いですね。でも、それには及びません。捜査三課とうちの署で対処できます」

「いや、しかし……」

弓削方面本部長が署長室に入り浸りたいのは見え見えだ。貝沼は言った。

「第二方面本部には、九つも警察署があります。方面本部長を大森署が独占するわけにはいきません」

「いや、そりゃそうだが……」

そこに日向二課長がやってきて、貝沼は驚いた。

藍本署長が言う。

「日向課長。どうなさいました?」

「あ、捜査二課長だな?」

弓削方面本部長が言った。「何の用だ」

「方面本部長。用があるのは、あなたにではなく署長にです」

弓削と日向課長は父子ほども年齢が離れているが、二人とも警視正だ。

「だから」

弓削が言った。「その用事を訊いてるんだ」

「怪盗フェイクが、署長室のお宝を狙っていると聞きました」

藍本署長がうなずく。

「犯行予告がＳＮＳに書き込まれていました」

「お宝というのは、金庫の中の二千万円のことですか？」

「ええと……」

署長が言った。「実は金庫の中身は二千万円ではありません」

「二千万円ではない？」

一億円入っていると知ったら、日向課長だけでなく、弓削や野間崎管理官も腰を抜かすのではないかと、貝沼は思った。

弓削が日向課長に尋ねた。

「何だ、その二千万円というのは……」

「ここの署員が八百長捜査の過程で手に入れた金です」

「八百長捜査の過程で……？　具体的にはどうやって入手したんだ？」

「八百長が行われていることを明らかにするために、大森署の署員に依頼して舟券を買ってもらいました」

弓削が目を丸くした。

「八百長をやったのか？」

日向課長がこたえる。

「まさか。八百長は選手と連絡を取り合わなければ成立しません。ここの署員は選手と連絡を取ったわけではないのです。ですから、八百長ではありません」

「八百長ではないが、舟券を当てて二千万円を手にしたということか？」

「はい」

日向課長が言った。「八百長を証明するために舟券を買ったのです」

「よくわからんが、つまりその二千万円が金庫の中にあるということか？」

日向課長が藍本署長に言った。

「そうですね？」

「取りあえず、そういうことになりました」

弓削方面本部長が藍本署長に尋ねた。

「……で、その金を怪盗フェイクが狙っているということですね？」

「どうかしら。その金庫の上にある花入れを盗りにくるんだと言う人もいますけど……」

弓削方面本部長は、花入れを一瞥して言った。

「あんなものより、二千万円でしょう」

まさか、無造作に置いてある花入れが一千万円もするとは誰も思わない。

その時、七飯係長が言った。

「金庫の中には、もっと入っていますけどね」

弓削方面本部長が尋ねた。

「誰だ君は」

「盗犯係の七飯と申します」

「もっと入っているというのは？」

「私が見たときには、一億円ほど入っていました」

誰も腰を抜かしはしなかったが、弓削方面本部長が目を丸くして藍本署長を見た。

「一億……？　何でまた……」

藍本署長は平然とした態度でこたえた。

「今説明した八百長絡みの金が二千万円。詐欺事件で押収した金が三千万円。そして、麻取りから預かっている金が五千万円。合わせて一億です」

それを聞いた日向課長が言う。

「一億とは、私も知りませんでした……」

弓削方面本部長が言った。

「それはえらいことだ。機動隊を出してこの署長室の周囲を固めましょう」

機動隊出動などの警備事案は、方面本部長の専管事項だ。

藍本署長が言った。

「機動隊なんかがいたら、怪盗フェイクが、ここに近づけないじゃないですか」

「はい」

弓削方面本部長が言った。「近づかせないことが目的です」

「それじゃ、怪盗フェイクを捕まえることができません」

「そうなんです」

七飯係長が言った。「やつが犯行を諦めるような態勢にはしたくないのです」

藍本署長が言った。

「せっかく、花入れまで置いておびき寄せようとしているんだから……」

この発言は、弓削方面本部長や日向課長には意味不明なはずだ。だが、誰も敢えて質問しようとはしなかった。

「さて……」

戸波課長が言った。「我々は警戒を続けなければなりません。申し訳ありませんが、関係者以外はお引き取りいただきたいのですが……」

弓削が、むっとした調子で言った。

「何だと？　帰れと言うのか」

戸波課長がこたえた。

「方面本部長だってお忙しいはずです」

「まあ、それはそうだが……」

日向課長があくまでも冷静な口調で言う。

「一人でも多くの人間がここにいたほうがいいんじゃないですか？」

戸波課長が言った。

「我々に任せてください」

弓削や野間崎、そして日向課長も、藍本署長のもとから離れたくないのだ。だが、戸波課長に言われ、彼らはしぶしぶと署長室を出ていった。

貝沼は署長に言った。

「私も失礼します。席におりますので」

署長がうなずいたので、貝沼は部屋を出た。


席に戻ったとたん、記者たちが集まってきた。ベテラン記者の一人が、彼らを代表する形で、貝沼に質問した。

「署長室が何やら賑やかですね。何事ですか?」

隠していても嗅ぎつけられる。貝沼はこの場で発表することにした。

「SNSの件は知ってる?」

「怪盗フェイクの予告の件でしょう? 知ってますよ」

「その対応だ。署長室に重要窃盗犯対策室を設ける。責任者は署長、主任官は捜査三課長だ」

「重要窃盗犯対策室……」

すると、長谷川が質問した。

「どういう態勢なんですか?」

「捜査員が四交替で二十四時間警戒する。その他、捜査幹部も入れ代わりで詰める。だから、常に署長室には複数の人員がいることになる」

「捜査幹部というのは、具体的には？」

「署長に私、捜査三課長、刑事課長、盗犯係長だ」

「四交替の捜査員というのは、総勢何名ですか？」

長谷川のやつ、しつこいな。そう思いながら、貝沼はこたえた。

「今のところ四名だ。だが、状況によって補充する可能性もある」

弓削方面本部長が機動隊を呼ぼうと言ったことは発表する必要はないと、貝沼は思った。

長谷川がさらに尋ねる。

「その状況というのは、どういうものを想定していますか？」

「今のところ、特に具体的なことは想定していない。さあ、もういいだろう」

何とか記者を追い払い、貝沼は着席した。溜まっている書類の判押しを始める。

午前十一時頃のことだ。戸高が通りかかった。貝沼は呼び止めた。席にやってくると戸高は言った。

「何すか？」

「おまえ、役目を根岸に押しつけただろう？」

「役目？」

「重要窃盗犯対策室のことだ」

「怪盗フェイクの件ですね」

「そうだ。刑事課で人員をまかなう予定だったはずだ。なのに生安課から根岸が来ることになった」

「強行犯係からは山田を出したでしょう。それでいっぱいいっぱいですよ」

「いざというときは、おまえにも参加してもらうぞ」

「了解です」

ちっとも了解していない態度で、戸高はその場を去っていった。

18

署長室の様子が気になりながらも、貝沼は副署長席で職務をこなしていた。書類に決裁の印を押すことが主な仕事だが、相変わらず記者の対応もしなければならない。

また長谷川がやってきて、しつこく質問されるのではないかと懸念していたが、幸いにして長谷川の姿は見えない。

何度か署長室のドアのほうに眼をやっていた貝沼は、制服を着た若い警察官が入室していくのに気づいた。

地域課のようだな。

署員の顔をすべて覚えているわけではない。特に若い署員の中には知らない者が少なからずいる。

決裁の書類もあらかた片づいたので、貝沼は署長室の様子を見にいくことにした。

部屋を訪ねると、署長は席で貝沼同様に書類の判押しをしていた。来客用のソファには、七飯係長がおり、制服姿の警察官は金庫の前に立っていた。

貝沼は尋ねた。

「当番の佐川は?」

七飯係長がこたえた。

「どうしても行かなけりゃならない用があって、ちょっと抜けました」

「おいおい、そんなんでだいじょうぶなのか?」

「だから、地域課に助っ人を頼みました」

それが金庫の前に立っている制服を着た署員のようだ。

署長が言った。

「かわいそうに、待機寮から非番のところを呼び出されたそうよ」

「かわいそうもなにも……」

貝沼は言った。「それが警察官の仕事ですから。だから、独身寮のことを待機寮と呼ぶんです」

当の本人は、休めの姿勢だが、緊張で顔がこわばっている。署長室に呼ばれたのだから無理もない。

貝沼はその地域課係員に尋ねた。

「今、署長室がどういう状況か把握しているのか?」

地域課係員は気をつけをしてこたえた。

「はっ。怪盗フェイクから犯行予告があり、そのための警戒態勢にあると把握しております」

「君は第一当番の代役だ。第二当番がやってくるのは午後三時だから、まだずいぶん時間がある。そんなにしゃちほこ張っていたらもたんぞ」

「はっ」

気をつけをしたままだ。

署長が言った。

「楽にしなさいと言ったんですけど、ずっとこうなのよ」

「まあ、そうでしょうね」

貝沼は署長室内を見回してから尋ねた。「戸波課長は？」

「警視庁本部に行ってる。夕方には戻ると言っていた」

七飯係長が言った。

「本部の課長ですからね。忙しいんですよ」

貝沼は言った。

「発足早々に、こんなにころころ人が入れ替わって、この対策室はだいじょうぶなんでしょうか」

「ほんと、副署長は心配性ね。人が入れ替わったって、みんな警察官なんだから、だいじょうぶよ。ね？　七飯係長」

話を振られて、七飯係長が言った。

「はい。要するに誰かがいればいいんだと思います」

「君はずっといてくれるのだろうな？　これは盗犯係の事案だぞ」

「もちろん、そのつもりです」

すると署長が言った。

「あら、七飯係長だって休みは必要よ。ずっと詰めているわけにはいかないでしょう」

貝沼は言った。

「戸波課長か七飯係長のどちらかには、ここにいてほしいですね」

署長はうなずいた。

「可能な限りそうしてもらう。二人がどうしても無理な場合は、関本刑事課長にいてもらうわ」

貝沼は「そうですね」とこたえた。

金庫の前に立っている地域課係員は、相変わらずカチカチだ。「楽にしろ」と言ってやりたいが、副署長が声をかければそれだけ緊張するだろう。

そう思ったので、貝沼は彼に声をかけるのをやめた。

「では、私は席に戻ります」

そう告げて、貝沼は署長室を出た。


午後二時頃、佐川が戻ってきて、地域課係員は解放されたようだった。そして、午後三時頃、第二当番の友寄がやってきて、佐川と交替した。

七飯係長はまだ署長室の中だ。もちろん、署長はどこにも出かけない。

怪盗フェイクの犯行予告のことは、すでに署員には知れ渡っている。午前中はざわついた雰囲気だったが、時間が経つにつれて署内は落ち着きを取り戻した。

……というか、緊張感がなくなってきた。貝沼はそう感じた。

犯行予告など警察をばかにしている。しかも、警察署長室から金品を盗もうというのだ。これを阻止できなければ、そして、このチャンスに怪盗フェイクを逮捕できなければ、大森署の、いや警察の面子は丸つぶれだ。

大森署員なら、誰もがそう思っているはずだ。しかし、時間が経つにつれて日常が戻ってくる。

そして、署員たちは仕事に追われている。盗犯係でなければ、怪盗フェイクに直接関わることはない。次第に意識の中に怪盗フェイクが占める割合が小さくなっていくのだ。

いや、最初から面白半分のやつもいるはずだ。そんな署員は、「いやあ、盗犯係、たいへんだね」などと言いながら、まったくの他人事として事の成り行きを眺めているはずだ。

そういう訳で、張り詰めていた空気が次第に弛んできていた。

せめて、署長室の中だけは緊張感を保っていてほしい。

貝沼がそんなことを考えていると、藍本署長が部屋を出てきた。

貝沼は立ち上がり、言った。

「お出かけですか？」

「何言ってるの。帰るのよ」

「え？　お帰りですか？」

「もう、終業時刻をとっくに過ぎているじゃない」

そう言われて時計を見た。午後五時四十五分だった。

「いや、この時間にお帰りとは思いませんでした」

昨日は怪盗フェイクの犯行予告のために「帰れ」と言っても、なかなか帰りたがらなかったのだ。

それが今日は、終業時刻が過ぎると早々に帰宅するという。

「部屋には当番の捜査員と、七飯係長がいてくれるわ。用もないのに居残っていては邪魔でしょう?」

「いえ、邪魔ということはないと思いますが……」

「じゃあ、あとはお願いね」

「はい。お疲れ様でした」

玄関に向かう後姿を見て、貝沼は首をひねっていた。

なぜ今日は、そそくさと帰宅したのだろう。自宅で大切な用事でもあるのだろうか。まさか、怪盗フェイクへの興味を失ったのではないだろうな。

署長の行動は気紛れに見える。だが、たいていの場合それがいい結果を生むのだ。もしかしたら、高度な計算が働いているのかもしれない。そこまで考えて貝沼はかぶりを振った。

いや、それはないな。署長はやっぱり天然なのだ。

明日はまた、遅くまで残りたがるかもしれない。

署内の雰囲気が署長の行動に影響しているのではないか。そんなことも思った。予告の日時はまだまだ先。署内の空気はいつもと変わらず穏やかだった。

午後六時を過ぎた頃、貝沼は署長室を覗いてみた。当番の友寄と七飯係長が雑談をしている様子だった。

貝沼は言った。

「二人でだいじょうぶかね？」

七飯係長がこたえた。

「ええ。もちろんです」

「怪盗フェイクが、予告の日時に現れるとは限らない。そう言ったのは君らだぞ」

「はい。やつは変装の名人で、体つきまで変えるようですから、すでに大森署内に潜入しているかもしれません」

貝沼は眉をひそめた。

「七飯係長。まさか、君が怪盗フェイクじゃないだろうな」

「もしそうなら、面白い展開になりますが、残念ながら私は本物の盗犯係長です」

それを証明できるか。そう訊こうとして、ばかばかしくなった。怪盗フェイクなどという漫画のような窃盗犯のせいで、現実感が失われていくような気がする。

「署長が、今日はずいぶん早く帰ったが、何かあったのか？」

七飯係長は、きょとんとした顔になった。

「いいえ、別に何も……」

「何か話はしたか?」

「署長は普通にお仕事をされていたので、特別なことは話しませんでした。署長が帰られたことが何か……?」

「いや。昨日は帰りたがらなかったのに、急にどうしたのかと思ってな」

「いちおう、対策室の態勢が整ったので安心されたのではないでしょうか」

「そうかもしれないが……」

「が……?」

「なぜか、急に興味をなくしたような気がするんだが……」

七飯係長がきょとんとした顔のまま貝沼を見つめている。友寄もぽかんとした顔で貝沼に眼を向けている。

貝沼は咳払いをしてからさらに言った。

「いや、七飯係長の言うとおり、対策室ができて安心したのかもしれない。つまらないことを言ってすまなかった」

「いいえ」

七飯係長が言った。「ご心配はごもっともです」

「だから、署長に心配性だと言われるんだ。じゃあ、私も帰るがいいか?」

「はい。お疲れ様でした」

友寄が立ち上がって礼をした。

貝沼はドアを閉めた。

翌十一日の朝は、署長室で打ち合わせをする。

いつもと違うのは、そこに根岸と戸波課長がいることだった。夜勤の第二当番だった友寄と今日の第一当番の根岸が交替したのだ。

友寄は明け番となる。

貝沼は戸波課長に尋ねた。

「七飯係長は?」

「仮眠室で休んでもらっている」

本当は休憩室と言うのだが、仮眠を取るだけの部屋なので、「仮眠室」と呼ぶ者も少なくない。

貝沼は昨日の七飯係長との会話を思い出して言った。

「怪盗フェイクは、誰かに化けているかもしれないから気をつけてくれ」

普通なら、署長が食いついてきそうな話題だ。だが、署長は特に反応を示さなかった。

戸波課長が言った。

「いくら変装がうまいからって、女には化けられないだろう」

「わからんぞ」

貝沼はそう言って、署長室を後にした。

席に戻ると、さっそく記者が寄ってきた。

「何も発表することはない」

質問される前にそう言明した。

それでもベテラン記者が粘ろうとする。

「その後、怪盗フェイクは何も言ってきていないんですか？」

「発表することはないと言っただろう」

貝沼は、頑としてコメントを出さないことを示し、なんとか記者を追い払った。

記者が一人だけ残った。顔を見たことがあるが、どこの社の誰か思い出せない。

「どうも、ご無沙汰しておりました……」

相手をするつもりはなかったが、気になったので尋ねた。

「ご無沙汰……？　どこの社だったかな？」

「東邦新聞です。しばらくこちらには来られませんでした」

「ああ、そうか……。以前、大森署を担当していた記者さんだな？　デスクになったそうだね」

「いやいや、デスクになんてなっていませんよ。しばらく顔を出せなかったのは、入院していたからです。胃をやられましてね。癌(がん)かもしれないと一度は腹をくくりましたが、幸い良性の潰瘍(かいよう)で……」

貝沼は、眉をひそめた。

「君がデスクになったので、代わりに長谷川君が大森署担当になったと聞いたぞ」

相手は苦笑した。

「誰がそんなことを言ったんです？　それ、誤情報ですよ」

「長谷川君本人から聞いたんだ」

するとと記者は怪訝そうな顔になった。

「うちの社に長谷川という記者はおりませんよ」

貝沼は言った。

「すまんが、身分証を見せてくれないか」

「かまいませんが……」

彼は、免許証と社員証を出して貝沼に手渡した。

間違いなく東邦新聞の記者だった。名前は、飯島巧だ。

貝沼は、免許証と社員証をしばらく睨んでいた。偽物ではないかと疑っていた。もしかしたら、飯島が怪盗フェイクかもしれないと考えたのだ。

しかし、身分証はどうやら本物のようだ。

免許証と社員証を返すと、貝沼は言った。

「長谷川という記者はいないんだな？」

「いません」

「だが、私はその長谷川と何度も話をしている」

戸高の件では、長谷川のせいで精神的に追い詰められたのだ。

「誰かがうちの記者を装ったんでしょう」

貝沼は後頭部を殴られたようなショックを受けた。

何ということだ……。

貝沼はふらふらと副署長席から歩み出た。

飯島が心配そうに言った。

「どうしました？　だいじょうぶですか？」

貝沼はその問いにはこたえず、署長室に向かった。


「どうしたの？」

藍本署長が、貝沼の様子を見て表情を曇らせた。

「怪盗フェイクは、かなり前から大森署に潜入していたようです」

来客用のソファにいた戸波課長と根岸が立ち上がり、署長席に近づいてきた。

藍本署長が言った。

「どういうこと？　説明して？」

貝沼は言った。

「東邦新聞の長谷川という名を覚えておいでですか？」

「ええ。万舟券の件でしつこく取材させろと言っていた記者よね？」

「東邦新聞に長谷川という記者はいませんでした」

「え……？」

「東邦新聞の大森署担当は、飯島巧という記者ですが、しばらく胃潰瘍で入院していたそうです。その不在を狙い、何者かが長谷川と名乗り、記者になりすましていたようです」

「それが怪盗フェイクだと言うのね?」

「そう考えるべきでしょう」

「記者か……」

戸波課長が言った。「だとしたら、かなり自由に署内を歩き回れるな……。署長室の様子もうかがっていたに違いない」

藍本署長が言った。

「情報が筒抜けだったと考えていいわね……」

貝沼は言った。

「事実、あいつは重要窃盗犯対策室の陣容を詳しく質問していました」

「教えたのね?」

「はい。記者だと思っていましたから……」

それを聞いた藍本署長の反応は意外なものだった。

にっこりと笑ったのだ。そして彼女は言った。

「さすがは怪盗フェイクね」

戸波課長が貝沼に問う。

「最後にその長谷川を見たのはいつだ?」

「昨日の午前十時頃のことだ。それ以降は見かけていない」

「犯行予告の日まで、署内に潜んでいるかもしれない。長谷川を見つけよう。副署長以外の署員とも接触しているかもしれない」

すると根岸が言った。

「あ、その記者、知ってます。私も話を聞かれたことがあります」

それを受けて、戸波課長が言った。

「情報をかき集めるんだ」

そうだ。ショックを受けている場合ではない。貝沼は戸波課長に言った。

「あんたと根岸はここを離れないでくれ。刑事課と地域課から人を集める」

「わかった」

貝沼は署長に「失礼します」と言って部屋を出た。

長谷川とは何度も接触した。彼が怪盗フェイクだとしたら、ずいぶんなめられたものだ。何としてもこの手で捕まえたいものだ。

貝沼はそう思っていた。

19

知らせを聞いた関本刑事課長が、副署長席にやってきた。

「何です？　怪盗フェイクが署内にいるですって？」

貝沼は長谷川のことを話した。

話を聞きおえると、関本課長が言った。

「すぐに署を封鎖しましょう。今署内にいる人物の人定をします」

「すぐに手配してくれ」

「地域課の手も借りますよ」

「緊配は無理だぞ。被疑者の人着がわからん」

「長谷川の顔写真は？」

「ない。それに、もう長谷川ではないだろう」

「別の者に化けているかもしれないということですね。わかりました。とにかく、今署内にいる人たちを足止めします」

関本課長は駆けていった。程なく、私服、制服両方の署員が玄関を固め、署内を駆け回りはじめた。

警察署には、遺失物を届けたり取りに来たり、また銃刀法や風営法に関わる届け、問い合わせなどで、多くの市民が訪れる。

署を封鎖して、まずそういう人たちの人定を進める。同時に、各部署に見知らぬ人物はいないかを問い合わせた。

長谷川を発見できなくても、不審者を見つけることはできるだろうと、貝沼は思った。その人物を、防犯ビデオの怪盗フェイクの画像と照らし合わせてみればいい。

これで被疑者の身柄を押さえれば、一件落着だ。長谷川を名乗る男にまんまとだまされたが、もしそいつの身柄を確保できれば、怪我の功名ということになる。

貝沼は席を立ち、署長室に戻った。

「報告します。現在、関本課長を中心に刑事課と地域課で署を封鎖し、中にいる人たちの人定を行っています」

それを聞いた戸波課長が言った。

「変装が得意なのだから、どこに潜んでいるかわからんな……」

「各部署に、不審者がいないか問い合わせている」

「長谷川の写真は？」

関本課長からも同じ質問をされた。警察官はまず、人着が気になるのだ。

「写真はない」

「せめて、似顔絵を作ろうか……」

すると、藍本署長が言った。

「でも、もう長谷川の恰好はしていないでしょう」

「それがやっかいなところですが……」

戸波課長が渋い表情になる。「何もないよりはましでしょう」

貝沼は言った。

「この中で、長谷川を見ているのは私と根岸か……」

戸波課長が貝沼に尋ねた。

「似顔絵の得意な署員は？」

「鑑識に一人いる」

戸波課長は根岸に言った。

「その鑑識係員のところに行って、いっしょに似顔絵を作ってくれ」

「了解しました」

根岸が部屋を出ていくと、藍本署長が言った。

「大胆不敵に副署長に接触してきたとはね……」

「そうとは知らず、べらべらとこの対策室の陣容などをしゃべってしまいました」

「別に問題ないと思うわよ」

「そうでしょうか……」

「こっちがどういう態勢か知ったところで、手出しはできないでしょう」

「だといいのですが……」

「次はどう出てくるかしらね」

署長はどこか嬉しそうだった。昨日はなぜか怪盗フェイクに興味を失ったようなそぶりさえ見せていたが、長谷川の件を聞いてから、また目の輝きが戻ったような気がする。

まるで、怪盗フェイクを応援しているかのようだ。

実は、マスコミやSNSの投稿の中でも、そうした風潮があるようだ。怪盗ルパンや怪人二十面相の時代から、こういう存在に人々は好奇心をかき立てられ、中には応援する者も出はじめるのだ。

だが、警察署長がそれでは困ると、貝沼は思った。しかも藍本署長は、犯行予告を受けている当事者なのだ。

その一方で貝沼は、署長の無邪気さがうらやましいと感じていた。いつしか自分は何かにわくわくするようなことはなくなったと、貝沼は思う。

警察の幹部になると、やりたいことではなく、やらなければならないことで日々が過ぎていく。

いや、警察に限らず、ある程度責任ある立場になれば、誰でもそうなのではないか。だが、署長は違う。

彼女はいつでもわくわくしているように思える。何が起きようと、自分が置かれている立場を面白がれるのではないだろうか。

それはすごいことなのではないか。そんなことを思いながら貝沼は、署長席に眼をやった。


午後二時を回った頃、署長室に関本課長がやってきた。貝沼は尋ねた。

「どうだ？　長谷川は見つかったか？」

「いえ、だめですね。署内にいる一般人はすべて氏名・住所を押さえ、身元の確認が取れました。各部署から不審者の報告はありません」

「契約している外部の職員なども調べてくれ」

「すべて調べました」

「空振りか……」

戸波課長が言った。

「すでに、署の外に逃げたのだろうな」

関本課長が藍本署長に言った。

「今後、署への出入りは厳しくチェックしましょう」

「あら、今までしていなかったの？」

「いえ、さらに厳しくという意味です」

貝沼は言った。

「やってくれ。犯行予告日の二十三日まで、眼を光らせるんだ」

「了解しました」

そこに、根岸が戻ってきた。

「似顔絵ができました」

彼女はその場にいた者たちに、似顔絵の紙を見せた。

貝沼はその絵を見て驚いた。

「よく描けている。長谷川の特徴がよくわかる」

根岸が言った。

「私も似ていると思います」

関本課長が言った。

「よし、その似顔絵を署内に配ろう。何枚くらいコピーを取ればいいかな……」

「コピー代もばかにならないのよ」

藍本署長が言った。「みんなのスマホに画像を送ればいいわ」

関本課長は、ぴしゃりと自分の額を叩いた。

「そうでした。どうも私はまだ、アナログ人間でして……」

「使用する紙を減らすことは、自然のためにもいいのよ。サステナブルね」

根岸が言った。

「では、その手配をします」

藍本署長が「お願いね」と言うと、根岸は気をつけをして、上体を十五度に傾ける敬礼をした。

「はい。かしこまりました」

顔が紅潮している。

いつだったか根岸から、藍本署長は憧れの上司だと聞いたことがある。署長は男性から好かれるだけではない。女性のファンも少なくないのだ。

貝沼は関本課長に言った。

「引き続き、長谷川こと怪盗フェイクの行方を追ってくれ」

「はい。しかし……」

関本課長は、署長席のほうにちらりと眼をやってから言った。「ここ、少々手薄じゃないですか？　七飯係長の姿も見えませんし……」

「呼びましたか？」

ドアのほうから七飯係長の声がした。

貝沼は言った。

「七飯係長が戻った。これだけいれば手薄ではない」

「はあ……」

関本課長は気落ちした顔で言った。「では、失礼します」

署長室を出ていくとき、関本課長は七飯係長を恨めしげな眼で一瞥した。

七飯係長が言った。

「長谷川という記者の件、聞きました」

貝沼はこたえた。

「すぐに手配したが、見つからなかった。似顔絵を作ったから、それを署員のスマホに送ることにした」

「無駄でしょうね」

「無駄……?」

「もうすでに署内にはいないでしょう」

「やはり、そう思うか?」

「盗っ人ってのは、何かあればすぐに逃げるんです。それが習い性になっているんですよ」

「ほう。そういうものか」

「空き巣などの窃盗犯に狙われやすいのは、人目につかない出入り口や窓があり、逃走路が確保できるような家なのです。逆に、塀に囲まれているとか、行き止まりになっているとか、逃走路が確保しにくい家は狙われません。つまり、窃盗犯にとって逃げるというのはそれくらい重要なことなんです」

貝沼は戸波課長に尋ねた。

「同じ意見か？」

「ああ。同じだ」

貝沼は藍本署長を見た。

「どう思われますか？」

「今、捜査の手が分散するのはよくないわね。怪盗フェイクが署内にいないというのなら、署内の捜索は意味がない。すぐにやめさせるべきでしょう」

貝沼はうなずいた。

「了解しました。関本課長にそう知らせましょう」

署長室を出ると自席に戻り、関本課長に内線電話をかけた。

「署の封鎖は解除だ。署内の捜索も解除」

「いいんですか？」

「署長の指示だ」

「了解しました」

ほっとしたような声だ。

安心している場合じゃないんだ。貝沼はそう思った。

七飯係長が言うように、怪盗フェイクはすでに署外に逃げたかもしれない。だが、犯行予告の日までには必ずやってくるはずだ。

貝沼は電話の向こうの関本課長に言った。

「私は怪盗フェイクにまんまとやられて腹を立てている。この上、署長室から何かを盗まれでもしたら、これ以上警察にはいられない」

「辞職なさるとでも……」

「それくらいの覚悟だということだ。君も心してかかってくれ」

「わかっています」

関本課長の声が低くなった。覚悟を感じさせるような声だと、貝沼は思った。


「じゃあ、私はこれで帰るので、あとはよろしくね」

午後六時頃、藍本署長が副署長席にいる貝沼に声をかけた。

今日も早い帰宅だ。

「はい。お疲れ様でした」

「副署長も無理しないで、早く帰ってね」

「はい……。しかし、怪盗フェイクはいつ現れるかわかりませんので……」

「予告の二十三日まで現れないわよ」

「どうしてそう思われるのですか？」

「怪盗フェイクは警察に勝負を挑んでいるのよ。もし、予告どおり何か盗むにしても、フェアにやらなきゃ勝ったことにならないじゃない」

「なるほど、ゲームですね。でも、戸波課長は、警察と盗っ人はだまし合いだと言っていました」

署長がにっこりと笑った。

「怪盗フェイクにとってゲームってとても神聖なものだと思うの」

「はあ……」

署長は去っていった。


翌十二日の午前九時。制服姿の中年が副署長席にやってきた。地域課のベテランだ。名前は、岩本真吾。四十五歳の警部補だ。

彼はある交番のハコ長をやっている。ハコ長は正式には交番所長だ。交番長ではなく交番所長なのは、交番がかつて派出所だった頃の名残りだ。

「どうも、ご無沙汰してます」

「ハコ長。明け番か？」

「いやいや、呼び出しですよ。なんか、署長室に捜査員が詰めているんですって？」

「ああ。例の怪盗フェイクの件だ」

「シフト組んでるけど、その捜査員がどうしても本隊の用事で外さなければならないから来てくれというんです。それで……」

「ああ……。一昨日から地域課の係員が助っ人に来ている」

「けど、だいじょうぶなんですか？」

「何が？」

「用があって抜けた捜査員の穴を自分から地域課に任せて……。専務のほうがいいんじゃないですか？」

専務というのは、捜査とか交通とか専門分野を担当する警察官のことだ。

「地域課だって立派な警察官じゃないか」

「いやあ、そんなこと言ってくれるの、副署長くらいなものですよ。みんな、便利屋くらいにしか思っていない。自分ら、歩ですよ」

「フ……？」

「将棋の歩です」

「歩がなければ将棋がさせないじゃないか」

「副署長は、本当にいい人だ」

「みんな地域課のことは尊重しているよ」

「でも、刑事が抜けた穴は刑事が埋めるべきだと、副署長も思うでしょう」

「手が足りないんだ。署長室に詰めているのは、捜査三課と盗犯係が主だが、生安から引っぱられた者もいる」

「生安ですか？」

「根岸だ」

「あいつは立派なやつです。少年の育成保護のために、自主的に夜回りをやっているんです」

「そうらしいな」

「おかげで、自分ら交番員も付き合わされることがありますが……」

「なるほど……」

ふと岩本ハコ長は渋い顔になる。

「署長室の件ですが、こっちも係員を引っぱられると、ローテが狂うんですがね……」

「重要窃盗犯対策室の交替要員の拘束はそう長くないと思う」

「重要窃盗犯対策室？」

「今、署長室のことをそう呼んでいる」

「なんだか大げさですね」

「警察ってのは、そんなもんだ」

「犯行予告があったんですよね？」

「十月二十三日、午後七時だ」

「じゃあ、その日は、うちからも人員を出しますよ」

「ああ。頼りにしている」

礼をすると、岩本交番所長は署長室に向かった。

たしかに、岩本の言うことには一理あると、貝沼は思った。捜査員が抜けた穴を地域課係員で埋めるというのは、安易ではないか。

だが、一方で人が足りないのも事実だ。署員は皆、自分の事案を抱えている。その上、事件は次々と起きる。

重要窃盗犯対策室のローテーションに入っている捜査員がしばしば抜けるのは、おそらく突発的な事件や、別件の捜査が急展開したせいだ。

警察署内で最も人数が多いのが地域課係員だ。そこから人員を引っぱろうとするのは、やはり仕方のないことのようだ。

午前十時を過ぎた頃、また弓削第二方面本部長と野間崎管理官がやってきた。貝沼は起立した。

「どうだ、様子は」

弓削方面本部長に尋ねられて、貝沼はこたえた。

「変わりはありません」

「ちょっと様子を見に寄ったんだが……」

口実を見つけては署長室にやってくるのだ。

ここは俺が防波堤にならなければ。貝沼はそう思った。幹部たちを自由に出入りさせたら、署長室にいる捜査員たちの集中力を削ぐことになる。

「申し訳ありませんが、警戒中なので、対策室への立ち入りはご遠慮願いたいのですが……」

弓削方面本部長は、たちまち不機嫌になった。

「警戒中なのは承知している。だからこそ、視察して遺漏がないかどうか確かめようというのだ」

「ご心配いただき、ありがたく存じます。ですが今は、署への出入りも厳しくチェックしているような状況ですので……」

「署への出入りを厳しくチェックしている？」

野間崎管理官が言った。「それはなぜだ？」

貝沼は、声を落とした。

「捜査上、これは厳に秘匿していただきたいのですが……」

弓削方面本部長が眉間にしわを寄せる。

「何事だ？」

貝沼は、長谷川の一件を説明した。

弓削方面本部長が目を丸くした。

「何だと。新聞記者に……」

「お声を小さく……」

弓削方面本部長と野間崎管理官は、慌てた様子で周囲を見回した。貝沼は言った。

「お恥ずかしい話ですが、まんまと私が騙されました」

「何ということだ……」

「怪盗フェイクは変装の名人です。誰に変装しているかわかりません。もしかしたら、管理官に化けているかもしれないのです」

弓削方面本部長は、ぎょっとした様子で野間崎管理官を見た。

「まさか……」

「ですから」

貝沼は少々語気を強めた。「捜査員以外は、何人たりとも対策室に出入りさせたくないのです」

弓削方面本部長は小さいうめき声を洩らしてから言った。

「そういうことなら、いたしかたないな。出直すとするか」

弓削方面本部長と野間崎管理官は顔を見合わせ、うなずき合ってからその場を去っていった。

やれやれだな。貝沼は椅子に腰を下ろして大きく息をついた。

20

弓削方面本部長たちが来たその翌日には、日向捜査二課長がやってきた。

「金はまだ盗まれていませんね?」

「盗まれていたら大騒ぎになっていますよ」

「騒ぎにならないように、盗まれたことを秘匿しているとも考えられます」

警察ではありそうなことだ。

「うちの署長に限って、そういうことはいたしません」

「そうですね。これは失礼しました」

日向課長はちらりと署長室のほうを見た。気になっているのは、金庫の中の金のことか、それとも署長のことか……。

貝沼は機先を制した。

「今、署長室へは、捜査員以外誰も入れません」

「私も刑事部の課長なのですが……」

「申し訳ありません。例外は設けないことにしておりまして……」

「しかも私は、金庫の中にある二千万円と無関係ではありません」

「それは理解しております。しかし、怪盗フェイクは変装の名人で、誰に化けているかわかりませんので……」

「変装というのは、誰か特定の人物と入れ代わるということではないでしょう。いくら変装が得意でもそれは無理です」

「念には念を入れませんと……」

日向課長はしばし考えた後に言った。

「あなたの言うとおりです。捜査の邪魔をする気はありません。金庫の中の金のことが気になったので寄ってみただけです」

帰ってくれるようだ。貝沼はほっとした。

そのとき、すぐ近くで誰かが言った。

「こんなところで、何をしている?」

貝沼と日向課長は同時にその声のほうを見た。豊島人事第一課長だった。

まさか、日向課長と豊島課長がここで鉢合わせするとは……。貝沼はそう思う一方で、この二人がどんなバトルを繰り広げるか、少々楽しみではあった。

日向課長が涼しい顔でこたえた。

「怪盗フェイクの件で、ちょっと……」

「君は捜査二課だろう。盗犯とは無関係なはずだ」

「狙われているものに関係がありましてね」

「狙われているものだと？」

「そう。署長室の金庫の中にある金です」

「そう言えば、捜査員に舟券を買わせ、それが万舟券になったと言っていたな」

「その払戻金が金庫の中にあるのです」

「怪盗フェイクがそれを狙っているというのか？」

それにこたえたのは、貝沼だ。

「怪盗フェイクが何を狙っているのかは、まだわかっていません。彼は『お宝』としか言っていません」

「どうでもいい」

豊島課長が日向課長に言った。「金庫の中の金と関係があろうがなかろうが、捜査二課の君がここにいる理由にはならない」

日向課長は肩をすくめた。

「今、退散するところです」

「ならば、さっさと消えるがいい」

日向課長は余裕の表情だ。笑みさえ浮かべそうだ。

「では、失礼します」

そう言うと彼は、その場をあとにした。

貝沼は豊島課長に尋ねた。

「課長はどんなご用件で？」

「先日は署長に失礼なことを言ったのでね。お詫びをしようと思ってやってきました」

「ご存じのとおり、現在取り込んでおりまして……」

「一言詫びれば済むのです」

「申し訳ありません。今、署長室にはどなたもお入りにはなれません」

豊島課長は怪訝そうに眉をひそめる。

「何を言ってるんです？　署長室に誰も入れないって、どういうことですか？」

「現在、署長室は『重要窃盗犯対策室』になっておりまして、捜査員が詰めています」

そして貝沼は、長谷川の件をまた説明した。

「だから何です？」

豊島課長が言った。「警戒するのはわかりますが、署長がまったく顔を出せないということはないでしょう」

警察幹部も、こうなれば駄々っ子と変わりない。貝沼はそう思った。

「課長のお気持ちは、私から署長に伝えておきます」

「こういうことは直接伝えないと意味がありません」

「では、怪盗フェイクの件が片づくまでお待ちください。それから課長ご自身でお伝えになれば……」

「いつ片づくんです？」

「犯行予告は十月二十三日の午後七時です」

「それまで待てというのですか？」

「署長もそれまではいっぱいいいっぱいで、お詫びのお言葉が耳に入らないのではないかと愚考いたします」

「いっぱいいっぱいですか……」

「はい。何せ、大森署の威信が……、いえ、警察の威信がかかっておりますので」

豊島課長は何か反論を考えている様子だった。だが、おそらくうまい理屈が思いつかなかったのだろう。やがて彼は言った。

「わかりました。出直すとしましょう」

ようやく帰ってくれた。

もう誰も訪ねてこないでほしい。貝沼は祈るような気分だった。

だが、その祈りもむなしく、翌日には麻取りの黒沢と馬渕薬物銃器対策課長がいっしょにやってきた。


「今、取り込んでいるんだけどね……」

貝沼が告げると、麻取りの黒沢が言った。

「何が取り込んでいるだ。忙しい振りしてるんじゃないよ、地方警察の所轄ごときが」

相変わらずわくわくするほど嫌なやつだ。

すると、馬渕課長が言った。

「こいつ、ちっとも仕事しないんで、ちょっと突いてやったんだよ」

それに対して黒沢が言い返す。

「あんたらがやっている仕事と違って、こっちのは複雑で微妙なんだよ」

「……とか言って、実は手に負えなくて困っているんじゃないのか?」

「警察じゃあるまいし、俺たちが手に負えないなんてことはあり得ないんだよ」

「じゃあ、さっさと取引の段取りを組めばいいだろう」

「複雑で微妙だと言ってるだろう。頭悪いな」

ああ、毎度のことながらこの二人のやり取りは聞いていてぞくぞくするほど楽しい。だが、副署長席の前で言い合いを続けさせるわけにもいかない。

貝沼は黒沢に言った。

「いったい、何をしに大森署にやってきたんだ?」

「もうしばらく、金を預かってもらいたいと、署長にお願いに上がった」

すると馬渕課長が言った。

「つまり、仕事をしていないくせに、その言い訳がしたいということだ」

貝沼は馬渕課長に尋ねた。

「……で、君は何しに来たんだ?」

「さっさと取引をしろとこいつに言うために来たんです」

「わざわざ大森署で会うことはないだろう」

「こいつが署長に会いにいくと言うから……」

貝沼はあきれて尋ねた。

「あんたら、連絡を取り合ってるの？」

黒沢がこたえた。

「ＳＮＳの予告のことを知ったんだ。怪盗フェイクが狙っている署長室のお宝って、俺が署長に預かってもらっている五千万円じゃないかと思って、馬渕に電話したんだ。警視庁だから、何か知ってるはずだろう」

すると馬渕課長が言った。

「警視庁は麻取りなんかと違ってでかいんだよ。所轄で起きていることなんて、俺は知らない。五千万円が心配なら、さっさと取引の段取りを組んで、署長室から回収すればいい」

貝沼は言った。

「ここで五千万、五千万と言わないでくれ。誰が聞いているかわからないんだ」

「とにかく」

黒沢が言った。「署長と話をさせてくれ」

「それはできない」

「何だって？　厚労省の俺が頼んでいるんだぞ」

「今、署長室には誰も出入りできない。特に外部の人間は……」

「まさか、すでに金が盗まれたんじゃないだろうな」

「盗まれてはいない。それが心配なら、馬渕課長が言うとおり、さっさと持ち帰ってくれ」

「だから、そのことについて署長に説明したいんだ」

一度署長に会ってその魅力の虜になった者たちは、しばらく会わないと禁断症状を起こすのかもしれない。

「その必要はない。そっちはそっちで粛々と仕事を進めてくれ」

「必要かどうかはあんたが判断することじゃない」

「百歩譲って、普段なら署長に取り次いだかもしれない。だが、今は非常時だ。さっき、あんたが言った怪盗フェイクに対する警戒態勢を敷いている。署長室には捜査員が二十四時間交替で詰めているんだ」

黒沢が舌打ちした。

すると、馬渕課長が言った。

「私が会う分にはいいでしょう。私は警視庁の人間ですから」

「担当の捜査員以外は立ち入り禁止だ」

黒沢と馬渕課長は顔を見合わせた。二人とも何を言っていいかわからない様子だ。

貝沼は黒沢に言った。

「馬渕課長が言うように、一刻も早く取引の段取りを組んで、預けている金を持ち帰ってくれ。署長は何よりそれを喜ぶはずだ」

黒沢が言った。

「わかった。今日のところは引きあげよう」

貝沼は馬渕課長を見た。

「そして君は、麻取りがちゃんと仕事をするようにフォローしてくれ」

「わかりました。尻を叩いてやりますよ」

二人は副署長席を離れ、玄関に向かった。

立ち入り禁止というのは、署長への面会希望を断るいい口実だと貝沼は思った。怪盗フェイクの件が片づいた後も、立ち入り禁止のままにしておこうか……。


予告の二十三日までは、まだまだ時間があると思っていたら、あっという間に当日を迎えてしまった。

その日は、朝から重要窃盗犯対策室のメンバーが全員顔をそろえていた。すなわち、藍本署長、戸波捜査三課長、関本刑事課長、七飯係長、捜査三課の友寄に佐川、大森署の根岸と山田、それに貝沼の計九名だ。

それに、約束どおり岩本ハコ長が手配してくれた地域課係員が四人いた。その四人は地域課の制服を着ている。

署長は署長席にいる。来客用の応接セットに座れるだけ座り、はみ出した者はパイプ椅子を持ち込んで腰かけていた。

地域課の四人は立っているが、予告の午後七時までは長丁場なので、交替でソファやパイプ椅子で休むことになっている。

貝沼は戸波課長に言った。

「予告の日まで、怪盗フェイクは現れなかったな。やはり、予告どおり実行しないとゲームとしての意味がないと考えているのだろうか」

「まだ、予告どおりに現れるかどうかはわからない。予告の時刻が過ぎて、我々が警戒を解くタイミングを見計らって、仕事をするつもりなのかもしれん」

「考え過ぎかもしれない。もしかしたら、犯行予告は単なるいたずらなのかもしれないし……」

「万が一、いたずらだったとしても、我々は予告が本物だという前提で捜査するしかない」

それに応じたのは、関本刑事課長だった。

「おっしゃるとおりです。何か盗まれた後で悔しがっても後の祭りですので……」

そうこうしているうちに、時間は着実に過ぎていき、終業時刻となった。

貝沼は言った。

「日勤の署員が帰る」

すると、近くにいた佐川が尋ねた。

「結局、長谷川という記者は見つからなかったのですね？」

「見つからなかった。七飯係長が、盗っ人は逃げるものだと言っていたが、どうやら怪盗フェイクも例外ではなかったようだ」

「他の誰かになりすましている可能性もあるんですよね？」

「あり得るが、さすがに署長室には来られないだろう」

「そうですね」

予告の午後七時が近づいてくると、その場にいる人々の口数が少なくなってきた。やがて、誰も口を開かなくなり、部屋の中は沈黙に包まれた。

そしてついに予告の午後七時を迎えた。

沈黙が続く中、最初に口を開いたのは関本課長だった。

「何も起きなかったですね……」

それに、戸波課長が応じた。

「まだ安心はできない。先ほども申したように、こちらが警戒を解いたところに、盗みにやってくる恐れがある」

「そうです」

七飯係長が言った。「油断は禁物です」

戸波課長や七飯係長の言葉を受けて、それから約一時間警戒を続けた。

午後八時を過ぎると再び、関本課長が言った。

「やっぱり、犯行予告は、ただのいたずらだったんじゃないでしょうか?」

貝沼は言った。

「どうかな。盗犯の専門家である戸波課長は、まだ安心できないと言っているし……」

その場にいた皆が戸波課長に注目した。

戸波課長は少々決まりが悪そうな顔で言った。

「……とはいえ、いつまでもこの態勢を続けるわけにもいかないな……」

関本課長が言った。

「じゃあ、警戒を解いてもいいんじゃないでしょうか?」

それに対して、貝沼は言った。

「いや、そういうわけにもいくまい。まだ結論が出たわけじゃない。もう少し様子を見る必要がある」

関本課長が尋ねる。

「いつまでこの態勢を維持しますか？」

貝沼はしばし考えた。このまま警戒態勢を続けるのは捜査員各員の負担が大きい。かといって、今すぐ警戒を解くのも気がかりだ。

こういうときは、責任者の判断を仰ぐのが一番だ。貝沼は藍本署長に尋ねた。

「署長はどうお考えですか？」

「そうねえ……」

署長は宙を眺めて考え込んだ。「私は戸波課長の言うことが正解だと思う。副署長が言うとおり、戸波課長は盗犯の専門家なんだから……」

貝沼は尋ねた。

「では、このままこの態勢を続けますか？」

「でも、それもたいへんねえ……。いつかは平常に戻らなければならないし……」

再び考え込んでから、藍本署長は言った。「じゃあ、こうしましょう。取りあえず、助っ人の地域課の人たちには引きあげてもらいましょう」

貝沼は確認した。

「捜査員は残って、しばらく警戒を続けるということですね？」

「そうね。せめて今晩一晩だけでも……」

貝沼は、制服を着た四人を見回して言った。

「……ということだ。君たちは任務終了だ」

すると、金庫の前に立っていた地域課係員が言った。

「では、これで失礼してよろしいのですね？」

貝沼はこたえた。

「ああ。ご苦労だった」

地域課係員たちは、顔を見合わせてから、そろそろと出入り口に向かった。本当に引きあげていいかどうか、半信半疑なのだろう。

「あれ……」

山田が声を上げた。

関本課長が尋ねた。

「どうした？」

「誰か、金庫の上の花入れに触りましたね？」

「え……？」

「位置がずれてますよ」

一同は、花入れに注目した。

21

山田の声で、一同が金庫の上の花入れに注目した。今まで金庫の前に地域課係員の一人が立っていたので、花入れは見えていなかった。

「あれ……」

七飯係長がそうつぶやいて、花入れが載っている金庫に近づいた。関本課長が尋ねた。

「どうしたんだ?」

「なんか、花入れが妙ですね……」

「なに……」

そう言って、戸波課長も歩み寄った。

「言われてみれば……」

花入れに顔を近づけて、戸波課長が言う。七飯係長が戸波課長に言った。

「私ら、これをどうして仁清だなんて思ったんでしょう」

貝沼は驚いて言った。

「仁清じゃないのか？　でも、署長は本物だと……」

その時、根岸が言った。

「ええと、そこのあなた……」

彼女は、今まで金庫の前に立っていた地域課係員を見ていた。彼は出入り口近くまで移動して、今まさに部屋を出ようとしていた。

根岸がその地域課係員に言う。

「もう一度何か言ってみていただけますか？」

いったい、根岸は何を言っているのだ。貝沼は怪訝に思った。

地域課係員は戸惑ったように、その場にいる者たちを見回した。それから、苦笑を浮かべて言った。

「何か言えって……。何を言えばいいんです？」

根岸が言った。

「その声。それが聞きたかった。あなたの声って、長谷川記者の声にそっくりですね」

次の瞬間、藍本署長が言った。

「その人を確保して」

「え……」

男たちは戸惑いの表情を見せる。

真っ先に動いたのは根岸だった。ドアを開けて部屋の外に出ようとした地域課係員に飛びかかる。

地域課係員はそれを振りほどこうとする。

次に、他の地域課係員三名が動いた。彼らは逃げようとする地域課係員につかみかかった。

さらに友寄と佐川がそれに加勢する。根岸と男たちが団子になる。

地域課係員の一人が言った。

「確保」

関本課長が言った。

「所持品を調べろ」

取り押さえられている地域課係員を、友寄と佐川が調べた。手にしていた活動帽の中に花入れがあった。

友寄がそれを掲げると、七飯係長が言った。

「ああ。それが本物の仁清ですね」

「えっ」

関本課長が言った。「どういうことだ?」

それにこたえたのは、戸波課長だった。

「そいつが偽物とすり替えたんだよ」

「……ということは……」

藍本署長が言った。

「そう。その地域課の人は怪盗フェイクよ」

一同がその男に注目する。

年齢不詳だが、どこにでもいそうな男だ。

「記者の長谷川の振りをしていたな」

貝沼は戸惑い、言った。「しかし、見た目はまったく似ていないな……」

それに対して根岸が言った。

「間違いありません。声が同じです」

「私はまったく気づかなかった」

関本課長が言った。

「男性より女性のほうが声に敏感だと言われています」

藍本署長が言った。

「そして、手もビデオの怪盗フェイクと同じよ」

関本課長がさらに言う。

「手なんかのパーツについても、男性より女性のほうがよく見ている傾向があります」

戸波課長が取り押さえられている地域課係員に言った。

「つまり、おまえが怪盗フェイクということだな」

彼はすでに抵抗をやめていた。地域課係員たちに両側の腕と肩を押さえられ、床に膝をついていた。やがて両腕を取られたままあぐらをかいた。

開き直ったようだ。

それまで戸惑った表情を浮かべていたのだが、急にしたたかな顔つきになった。彼は言った。

「自分で名乗ったことはありませんが、マスコミではそう呼んでいるようですね。そう。私が怪盗フェイクです」

「ああ……」

七飯係長が感極まった様子で言った。「怪盗フェイクを確保した……」

藍本署長が言った。

「偽物の花入れが金庫の上にあり、本物をその人が持っていた。すり替えの動かぬ証拠というやつですよね。現行犯逮捕できるわよね？」

戸波課長、関本課長、七飯係長が互いに顔を見た。誰が逮捕を宣言するか牽制し合っているようだ。

「根岸」

藍本署長が言う。「見破ったのはあなたよ。逮捕してちょうだい」

「はい」

根岸は怪盗フェイクに手錠をかけ、宣言した。「午後八時二十三分。窃盗の現行犯で逮捕します」

最初に花入れの位置が変わっていたことに気づいたのは山田だ。だが、山田は何も言わない。手柄などに興味がないのだろう。

山田はまるで映像のように見たものを記憶するのだという。山田の能力と根岸の女性の感性がなければ、怪盗フェイクはまんまと仁清の花入れを盗んで逃走していただろう。

貝沼は疑問を口に出した。

「本当に長谷川に扮していたのか？　まるで別人なのだが……」

怪盗フェイクは困ったような笑みを浮かべた。そして彼は、手錠をしたまま口の中から何かを取り出した。

貝沼はつぶやいた。

「ふくみ綿か……」

頬に綿やスポンジなどを入れて、顔の輪郭を変えるのだ。さらに彼は眉毛をごしごしとこすった。眉が細くなり、形が変わった。

それだけでまったく印象が変わった。怪盗フェイクは言った。

「長谷川という新聞記者になりすますときは、カツラをかぶっていました」

なるほど、長谷川の髪はやや長めだったが、目の前の怪盗フェイクは短髪だ。この髪型だと警察官の中に混ざったときに目立たない。

「なるほど……」

貝沼は言った。「こうして見ると、やはり長谷川だな……」

関本課長が怪盗フェイクに言った。

「おまえ、名前は？」

「中村清（なかむらきよし）です」

「偽名じゃないだろうな」

「今さら偽名なんて使いませんよ。本名です」

「年齢は？」

「五十一歳です」

「若く見えるな」

「よく言われます」

「後で詳しく話を聞くから、取りあえず留置場に行ってろ」

友寄、佐川、根岸の三人が怪盗フェイクこと中村清を連れていった。

「中村清……」

藍本署長が言った。「なんだか、地味な名前ね……」

「地味……？」

戸波課長が聞き返した。「そうでしょうか？」

「そうよ。なんだか、見た目もぱっとしなかった」

「窃盗犯なんて、あんなもんですよ」

「そうかしら。怪盗というくらいだから、なんかこうオーラみたいなものがあると思っていたんだけど……」

藍本署長は明らかにがっかりしている様子だった。期待していた犯人像と違っていたのだろう。

貝沼は言った。

「とにかく、怪盗フェイクを逮捕できたのです。大森署の快挙です」

戸波課長が言った。

「副署長の言うとおりです。こりゃあ、祝い酒でもやらないと……」

「そうね」

藍本署長が言った。「捜査本部では、事件が解決したら茶碗酒で乾杯するんですって？」

「ああ……」

戸波課長がうなずいた。「昔はそういう伝統があったようですね。しかし、昨今はコンプライアンスだか何だかで、公務員が職場で酒を飲んだりすると、何かとうるさいんですよ」

「一杯くらいいいでしょう。たしかもらい物の一升瓶があったはずよ。誰か茶碗を用意して」

関本課長が、ぼんやりと突っ立っている山田に言った。

「おい、総務課にまだ誰かいるかもしれない。湯飲み茶碗を借りてこい」

「はい」

ぼうっとした表情のまま山田が出ていった。七飯係長が、署長に言われて棚から日本酒の一升瓶を取り出した。

しばらくすると、山田がトレイに湯飲み茶碗を載せて戻ってきた。酒を注ぎ、配った。まだその場に残っていた三人の地域課係員に、関本課長が言った。

「おい、君らも飲め」

彼らは「いただきます」と声をそろえた。

藍本署長の音頭で乾杯をした。酒が喉を過ぎて腹を温めると、貝沼はようやく一件落着したのだという実感を得た。

関本課長が言った。

「怪盗フェイクの狙いは、現金じゃなくて、仁清の花入れだったんですね」

戸波課長がそれにこたえる。

「彼は現金を盗むとは一言も言っていない。ただ『お宝』と言っていただけだ。考えてみりや、署長室の金庫の中の現金を盗むなんて、どだい無理な話だ」

「記者に化けて署内の様子を探り、何を盗もうか考えていたに違いない。仁清の花入れは恰好の獲物だったんだな」

貝沼はそう言ってから、署長に尋ねた。

「もしかして、実は怪盗フェイク用の餌として、花入れを置いていたんですか？」

藍本署長が笑みを浮かべる。

「まさか。本当にお花を飾るために持ってきただけよ」

本当だろうか。

中村清の留置を終えた根岸たち三人が戻ってきた。彼らも酒宴に参加する。

「こりゃ、いったい、何の騒ぎですか」

出入り口で声がした。

見るとそこに、麻取りの黒沢と馬渕課長が立っていた。

貝沼がこたえた。

「怪盗フェイクを逮捕したので、重要窃盗犯対策室の打ち上げだ。君らこそ、何をしに来たんだ？」

黒沢が言った。

「ようやく取引の話がまとまった。だから預けたものを受け取りに来た」

貝沼は馬渕課長に尋ねた。

「君はなぜ麻取りといっしょなんだ？」

「こいつがちゃんと仕事をするかどうか、見張っているんですよ」

「そういうわけで」

黒沢が言った。「例のものを返却していただきたい」

貝沼と黒沢たちのやり取りを聞いていたらしい藍本署長が言った。

「ええと……、今日は取り込んでいるので、後日じゃだめかしら」

「申し訳ありません」

黒沢が気をつけをして言う。「取引の期日が迫っておりますので、すぐに持ち帰ることになっておりまして……」

関本課長が尋ねた。

「預けたものって、ひょっとして金庫の中の金のことですか?」

黒沢はぎょっとした様子で言った。

「知ってるのか?」

貝沼がこたえた。

「ここにいる者は知っている。それを守るために詰めていたんだからな」

山田が言った。

「え? 自分は何のことか知りませんけど……」

関本課長が言った。

「おまえはいいんだ」

「そうだ」

戸波課長が言った。「金庫を開けて、金を確認しなけりゃな……」

「確認って……」

関本課長が苦笑する。「なくなっているはずがありません。怪盗フェイクは、金には手を出していないんでしょう?」

七飯係長が、ふと不安そうな顔になって言った。

「万が一のことがあるので、金を確認しましょう」

黒沢が署長に言った。

「申し訳ありませんが、金庫を開けて、金を回収させていただけませんか」

戸波課長が言う。

「開けてみてください」

「開けろと言われれば開けますけどね……」

藍本署長はそう言うと署長席から出てきて、金庫の前にしゃがんだ。テンキーを操作して金庫を開ける。

「あっ」

一番近くにいた関本課長が、金庫を覗き込んで声を上げた。「空だ」

「何だって……」

戸波課長も金庫の中を覗き込んだ。そして、戸惑った様子で言った。「これはどういうことだ……」

七飯係長も、その戸波課長の背中越しに金庫の中を見た。

「本当だ。空っぽです」

「そんなばかな」

貝沼が歩み出ると、関本課長、戸波課長、七飯係長の三人は場所を空けた。金庫の中が見えた。

三人が言うとおり、中は空っぽだ。

貝沼は混乱した。

「怪盗フェイクに盗まれたのか……」

関本課長が七飯係長に言った。

「どういうことだ？　怪盗フェイクは、いったいどうやって金庫から金を盗んだんだ？」

七飯係長も動転している様子だ。

「わかりません。見当もつきませんよ」

「君は盗犯の専門家だろう」

「盗っ人のことはよく知っています。手口にも精通しているつもりです。しかし、これは……」

「不可能だ」

戸波課長が言った。「こんなことは不可能だ。だって、この部屋には必ず誰かが詰めていた。誰も金庫には触れていない。金を盗めるはずがない」

「なんだなんだ」

黒沢が言った。「いったい何を言っている。うちの五千万円はどこだ？」

貝沼は黒沢に言った。

「金がない」

「え？　ないってどういうことだ」

「どうやら盗まれたようだ」

「盗まれた……」

黒沢が青くなった。「予告どおり怪盗フェイクが金を盗んでいったというのか？」

関本課長が言った。

「てっきりやつの目的は花入れだと思っていたが……」

七飯係長が言う。

「ひょっとして我々は、やつにそう思わされていたのかもしれません」

関本課長が聞き返す。

「そう思わされていた？」

「そうです。彼は我々のいるところで仁清の花入れを偽物とすり替えました。そして捕まったわけですが、我々は逃走しようとする彼に注目していました。そのときに隙ができたのかもしれません」

「隙ができたって……」

関本課長が言った。「そんなわずかな隙に、いったい何ができる。どうやって金庫の中身を盗むんだ？　怪盗フェイクは超能力者か？」

黒沢が馬渕課長に言った。

「おい、五千万円どうするんだよ。おまえが何とかしろよ」

「何とかしろって、無茶言うなよ。ここにいるの、盗犯の専門家だよ。彼らがお手上げなんだから、俺にはどうしようもない」

「ふざけるなよ。どうすんだよ。取引のときに金がなきゃ潜入捜査官が殺されちまうぞ」

「俺に言われても困るんだよ」

二人は度を失っている。

それは貝沼も同様だ。怪盗フェイクはいったいどうやって金を盗んだんだ……。

「我々は、この部屋に十月九日から詰めている」

幾分冷静さを取り戻したかに見える戸波課長が言った。「その間、誰も金庫に触っていないことは確認している。そうだな?」

七飯係長がこたえた。

「シフトを組んで人が入れ代わっておりますが、常に誰かがこの部屋にいたことは間違いのない事実です」

「最後に金庫の中の金を確認したのはいつだ?」

戸波課長の問いに、関本課長がこたえた。

「私が見たのが最後だと思います。あれはたしか、十月九日の午後五時半頃のことだったと思います。終業時間間際だったので覚えています」

いつしか藍本署長は署長席に戻っていた。その藍本署長が口を開いた。

「あの……」

しかし、署長が何か言うより早く、戸波課長が言った。

「それ以降は誰も金を見ていない。……というか、誰も金庫が開いたところを見ていない。そうだね？」

一同がうなずく。

「何をごちゃごちゃ言ってる」

黒沢が悲鳴のような声を上げた。「怪盗フェイクを捕まえたって言ったよな？ 留置しているんじゃないのか？ 本人を連れてきて訊いてみたらどうなんだ？」

「そうだ」

関本課長が友寄に言った。「おい、中村清を連れてこい」

22

「ちょっと待って」

友寄と佐川が署長室を出ていこうとすると、藍本署長が言った。

友寄たちは立ち止まり、振り向いた。

他の者も署長に注目した。

藍本署長の言葉が続く。

「中村清は、お金のことは何も知らないわ」

戸波課長と関本課長が顔を見合わせた。

貝沼も彼ら同様に困惑していた。署長が何を言おうとしているのかわからない。

戸波課長が藍本署長に尋ねた。

「怪盗フェイクが予告どおり、金庫の中の金を盗んだんじゃないのですか？」

「どう考えてもそれは不可能でしょう」

「それはそうですが、怪盗フェイクはこれまで何度も不可能と思えるような犯行を繰り返してきたのでしょう？」

「あー」

七飯係長が言った。「それはどうでしょう？」

戸波課長が七飯係長に聞き返す。

「それはどうかというのは、どういうことだ？」

「見事な手口ですが、不可能と言えるような状況ではありません。事実、斎藤警務課長が手品のような手口を見破っていますから……」

「ならば、今回もその手品のような手口で……」

七飯係長はかぶりを振った。

「いいえ。今回ばかりはどう考えても不可能です」

「何か見落としていることとか抜け道が……」

「ありません」

「じゃあ、金はいつなくなったんだ……」

「十月九日の午後五時半には、間違いなくここに一億円が入っていました。それは関本課長が確認しています。その場に副署長もいらっしゃいましたし、私もおりました」

たしかに七飯係長の言うとおりだ。署長が金庫を開けて、関本課長が中を見て驚く様子を、七飯係長とともに貝沼は見ていた。

貝沼は言った。

「その後、本部から戸波課長が来て、その日の夜からシフトを組んで誰かが必ずこの部屋に詰めていた」

「そうだな……」

戸波課長が考え込んだ。すると、意外に思慮深そうな顔つきになった。「怪盗フェイクが金庫の金を盗むのは不可能だが、ここに詰めていた者になら可能だ」

関本課長が言った。

「我々の中に犯人がいるということですか？　それは考えにくいです」

「そう」

七飯係長が言った。「我々捜査員や課長、そして副署長にも不可能です」

戸波課長が七飯係長に尋ねた。

「なぜだ？　シフトは一人ずつだった。誰も見ていなかったら犯行は可能じゃないのか」

「シフトの捜査員の他に、私か戸波課長がいました。あるいは署長がいらっしゃいました。だから、常に複数の眼があったのです」

「そうか……」

「それに」

「それに？」

「署長以外の者は、金庫の暗証番号を知りません」

「あ……」

「そして、十月九日午後五時半に金庫を開けて関本課長が中の金を確認してから、戸波課長がいらっしゃるまで、この部屋で一人になれたのは、藍本署長だけです」

戸波課長が眉をひそめる。

「どういうことだ？」

七飯係長が言った。

「理屈から言えば、金庫の金を持ち出せたのは、署長以外にはいないということです」

関本課長が目を丸くして言った。

「君は何ということを言うんだ。署長に疑いの眼を向けるというのか」

「そうなの」

署長が言った。

それが聞こえなかったのか、関本課長の言葉が続く。

「だいたい、どうして署長がそんなことを……」

「私よ」

「七飯係長。署長に失礼だろう。謝罪を……。え？　署長、今何と……？」

藍本署長が言った。

「七飯係長の言うとおり、お金を金庫から持ち出したのは私よ」

一同はぽかんとした顔で藍本署長を見つめていた。しばらく沈黙が続く。

関本課長が沈黙を破った。

「じゃあ、怪盗フェイクが金を盗んだわけじゃないんですね？」

「盗まれてはいません」

「そうですよね」

七飯係長が言った。「どう考えても、怪盗フェイクに犯行は不可能です」

「なぜです」

貝沼は尋ねた。「金庫を開けたときに、なぜすぐにそれを言ってくださらなかったのです」

「あら。言おうとしたけど、七飯係長と戸波課長がずいぶん盛り上がっていたんで……」

「盛り上がっていた……」

「怪盗フェイクが金を盗んだと思い込んで、必死に推理をしようとしていたでしょう」

「警察官として当然です」

「それ、邪魔しちゃ悪いなって思って……」

「冗談ではありません」

貝沼は言った。「我々は寿命が縮まりましたよ」

「怪盗の予告があったんだから、これくらいの楽しみがなきゃ……」

「我々の慌てる姿を見るために、金を持ち出したのですか？」

「まさか」

　藍本署長は真剣な顔になって言った。「安全のためよ。怪盗フェイクの予告があったのよ。署長室に大金を置いておくわけにはいかないでしょう」

「じゃあ……」

　戸波課長が尋ねた。「我々が監視をしていた間、ずっと金庫は空だったんですか？」

「そう。重要窃盗犯対策室が発足したときにはもう空でした」

「待ってください」

　七飯係長が言った。「十月九日の午後五時半には金庫の中に金がありました。その夜から我々がこの部屋に交代で詰めておりました。いったい、いつ金を持ち出したんです？」

「金庫の中のお金を見たあと、みんなここから出ていったでしょう？　そのときよ」

　貝沼はそのときのことを思い出しながら言った。

「たしかに、私と関本課長、七飯係長の三人は署長室を出ました。時刻は……」

　七飯係長が言った。

「午後五時四十分頃です」

　貝沼はうなずいてから言葉を続けた。

「それから、私は本部の戸波課長に電話をしました」

「そうだったな」

　戸波課長が言った。「それが、六時前だ。正確に言うと、五時四十五分頃だった」

　貝沼は言った。

「戸波課長が、大森署に来ると言ってくれたので、その旨を伝えるために、私はまた署長室を訪ねました。戸波課長との電話のすぐあとですから、午後五時四十五分から五十分の間くらいでした」

戸波課長が言う。

「それからすぐに本部庁舎を出て、大森署に到着したのが、午後六時十分頃だったと思う」

「そうだな。戸波課長が到着すると、すぐに二人で署長室へ行った」

「その後は重要窃盗犯対策室が発足することになり、必ず誰かが署長室に詰めていた」

貝沼は藍本署長に言った。

「たしかに、署長がお金を運び出したのは、私が席で戸波課長が来るのを待っていた二十分間しか考えられませんね」

「そうだったかしら。よく覚えてないけど、いつ持ち出したかがそんなに重要?」

「警察官ですから、事実関係が明らかにならないと気が済まないのです」

「だったら、会計課の高畑課長と、拾得物係の橋田係長に訊いてみるといいわ。お金を運んだのは、あの二人だから」

「えっ」

貝沼は驚いた。「高畑課長と橋田係長が……」

「一億円も、私一人じゃ運べないから……」

「その二人が署長室にやってきたのはいつのことですか?」

「ええと……。関本課長たちが出ていったあとだから……」

「そのあと、私は戸波課長が来る旨を伝えに参りましたよね？」

「ええ。ドアのところから報告してくれたわね。そのとき高畑課長と橋田係長が、金庫からお金を出す作業をしていたんだけど、気づかなかった？」

「二人がいたのですか？　まったく気づきませんでした」

「出入り口からは、金庫がちょうどソファの陰になるわね。高畑課長と橋田係長も、ソファで隠れて見えなかったんでしょう」

関本課長が言った。

「人間、ちゃんと意識していないと、見たものを認識できないんだ。だから気づかなかったのかもしれない」

「え？　そんなことないと思います」

そう言ったのは山田だった。「見たものは全部覚えてますよ」

関本課長が顔をしかめた。

「おまえが特別なんだよ」

貝沼は藍本署長に尋ねた。

「高畑課長と橋田係長は、どうやって金を運び出したのですか？」

「段ボールに入れて、台車で運んだわ」

「私の席は署長室の出入り口に近いのですが、彼らが署長室に入った記憶も、台車を押して出てきた記憶もありません」

「そう？　普通に入ってきて、普通に出ていったわよ」

関本課長が言う。

「だから、人間は意識していないと……」

「どうしてなんです」

戸波課長が言った。「どうしてこっそりと金を運び出したんです？」

藍本署長がこたえた。

「あら。こっそり運び出したつもりはないわ。普通に会計課に電話をしてお金を運んでほしいと頼んだのよ」

「でも、我々は誰もそのことを知りませんでした」

「たまたまそういうことになったんじゃない？」

「いや、たまたまって……」

「でも、誰も知らなくてよかったと思うわ。敵を欺くにはまず味方からって言うでしょう。誰か知っていたら、怪盗フェイクに金のありかが洩れていたかもしれない。秘密は必ず洩れるって、たしか七飯係長が言ってたわよね」

本当に「たまたま」誰にも知られなかっただけなのかもしれないと、貝沼は思った。

藍本署長はいつも自然体だ。企みがないから誰も怪しまないし気づかない。そういうことなのではないだろうか。

そして、もう一つ気づいたことがあった。

藍本署長はあるとき、急に怪盗フェイクへの興味をなくしたように見えた。あれは、署長室から一億円を運び出し、もう怪盗フェイクに盗まれる心配がなくなったからではないだろうか。

そして、仁清の花入れを怪盗フェイクを釣るための餌にした……。興味をなくしたわけではなく、勝利を確信したのかもしれない。

だとしたら、すべてが署長の思惑通りに進んだということになる。いや、まさかな……。貝沼はそんなことを考えていた。

「あ……」

黒沢が言った。「……ということは、金は無事なんですね？」

藍本署長がこたえた。

「無事よ」

「どこにあるんですか？」

「会計課の金庫にあるわ」

「すぐに回収したいんですが……」

「じゃあ、高畑課長か橋田係長を呼ばないと……」

貝沼は言った。

「呼びましょう」

「でも、もう八時四十五分よ。こんな時間に呼び出していいのかしら」

「警察官ですから当然です。電話しましょう」

すると、関本課長が言った。

「ああ、電話なら私がします」

彼は署長室を出ていった。警電を使うのだろう。

金が無事だと聞いても、黒沢は落ち着かない様子だった。実際に現物を見ない限り気が気ではないのだろう。

署長室にいる誰もが、ぼうっとしているように見える。山田が花入れの位置の違いに気づいてからの急展開に戸惑っているのだ。

何があったのか、頭では理解できても感情が追いつかないのだ。

やがて、関本課長が戻ってきて告げた。

「高畑課長と橋田係長は、二十分以内にやってくると言っています」

二人とも事情を聞いて、慌てて飛んでくるのだろう。その言葉どおり、二人は二十分ほどでやってきた。

高畑課長が藍本署長に言った。

「金庫を開けるのですね？」

「はい。そして、五千万円をそこにいる麻取りの黒沢さんに渡してください」

「預かり証とか何かの書類はないのでしょうか？」

署長が言った。

「そんなものないわ。なきゃだめ？」

「一応、署の金庫から金が出入りするわけですから……」

するると黒沢が言った。

「一時的に預かってもらっただけだ。こんなときだけ、役所面すんなよ」

黒沢の悪態に慣れていない高畑課長はびっくりした様子だった。

藍本署長が言った。

「責任は私が持つから、とにかく現金五千万円を黒沢さんに渡してあげてちょうだい」

「わかりました。あの、まことに恐縮ですが……」

「何かしら？」

「金庫から金を出すに当たって、署長か副署長の立ち会いをお願いしたいのですが……」

「わかった」

貝沼は言った。「私が行こう」

会計課にもまだ署員が残っていた。残業をするのは、刑事や生安といった専務の連中だけではないのだ。

黒沢とともに、なぜか馬渕課長がついてきた。この二人は顔を合わせれば激しく罵り合うが、実は気が合うのではないかと、貝沼は思っていた。

根性の曲がり具合がいっしょなのかもしれない。

貝沼は黒沢に尋ねた。

「現金輸送のためのバッグなどは持ってきたのかね？」

「そういうのは、そっちで用意してほしいね」

「厚労省の金だろう？　警視庁で用意すべきじゃないのか？」

「だから、厳重なジュラルミンのケースとか用意してよ」

貝沼は馬渕課長に言った。

「何か持っているか?」

「持ってませんよ」

すると、橋田係長が言った。

「拾得物の中に、スポーツバッグとかデイパックとかなら、あったと思います」

貝沼が尋ねた。

「拾得物を使っていいのか?」

「保管期間が過ぎて、廃棄したりオークションにかけたりする物があります」

「それはいい。持ってきてくれ」

「はい」

橋田係長がその場から離れていった。

一行は金庫の前にやってきた。高畑課長が言った。

「すみません。みんなむこうを向いてください」

「なぜだ?」

黒沢が噛みついた。「なんで、あんたに背を向けなきゃならないんだ」

貝沼は言った。

「暗証番号を見られたくないんだ」

「そんなもの見ないよ」

「今後、この金庫から何か盗まれるようなことがあったときに疑いをかけられたくなかったら、おとなしく高畑課長の指示に従うんだ」

黒沢が舌打ちしてから金庫に背を向ける。高畑課長が解錠した。そして、橋田係長が持ってきたスポーツバッグに五千万円を詰めた。黒沢がそれを受け取った。

馬渕課長が言った。

「さあ、さっさと金を持って仕事をしに行け」

黒沢が応じる。

「言われなくたって行くさ。じゃあな」

黒沢がバッグを持って玄関に向かった。彼が大森署をあとにすると、馬渕課長が言った。

「じゃあ、自分も引きあげます。失礼します」

こいつはいったい、何のために署にやってきたのだろう。貝沼はそう思いながら、馬渕課長の後ろ姿を見送った。

黒沢と馬渕課長がいなくなると、貝沼は高畑課長と橋田係長に言った。

「ごくろうだった。呼び出してすまなかったな」

高畑課長が言った。

「いえ、仕事ですから……。しかし、残りの金はどうするんです?」

「そうだな……。取りあえず、ここで保管していてくれ」

署長室に戻ると、まだ皆が残っていたので驚いた。藍本署長はもちろん、関本課長、戸波課長、七飯係長がいた。そして、友寄、佐川、根岸、山田の姿もあった。さすがに、地域課係員三人は引きあげたようだった。

彼らはまだ酒を飲んでいた。貝沼は関本課長に尋ねた。

「打ち上げの続きか?」

「なんだか、飲みたい気分でしてね」

それから貝沼は署長席に近づき、無事に五千万円を黒沢に返却したことを報告した。

「そう。ごくろうさま」

「それで……」

貝沼は声を落とした。「例の二千万円はどうしますか?」

「それよね……」

藍本署長は貝沼を見た。「どうしたらいいか、副署長、考えてくれる?」

23

翌日の十月二十四日金曜日の午前八時半に、斎藤警務課長が副署長席にやってきた。貝沼は尋ねた。

「何だ?」

「昨日はたいへんだったようですね」

「怪盗フェイクの件か。無事に逮捕できたよ。みんなの手柄だ」

「そのみんなの件なんですが」

「ん……？」

「署員が何人かずいぶんと残業をしていますね」

「ああ。そうだな。まず署長と私、そして関本課長に七飯係長。少年係の根岸、強行犯係の山田。あ、それに地域課の係員がいたな……」

「その面々は、土日に出勤しましたね？」

「した」

「代休を取らせないといけません」

「代休だって……？」

「働き方改革ですよ。本来は残業もいけないのです」

「そんなこと言ってたら、警察署は回らないぞ」

「しかし、厚労省のお達しですから。公務員は率先して働き方を改めなくてはなりません」

「それで、日本の治安が守れるのか？」

「警察官が過労死をしては元も子もありません」

「わかった。七飯係長と根岸と山田が代休を取れるように上司に話をしておこう」

「関本課長もですよ」

「幹部もか？　とても代休を取っている暇はないと思うが……」

「実は私もそう思うのですが、厚労省の指導に従うというのが、上の方針ですから……」

「上って何のことだ？」

「警察庁です」

「わかった。関本課長にも言っておく」

「副署長と署長も、です」

貝沼は、斎藤警務課長の真意をはかりかねていた。おそらく、立場上言わなければならないのだ。斎藤課長だって、本気で全員に代休を取れと言っているわけではないだろう。

「ああ、ちゃんとするから心配するな」

斎藤警務課長はさらに言った。

「会計課の金庫にまだ大金が入っているそうですね」

「そうだな。五千万円ほどの金が入っているはずだ」

「そのうちの三千万円を、詐欺事件の被害者に返金するために、警視庁本部に移管するということです」

「いつのことだ？」

「現金輸送の準備が整い次第、本部から連絡があります。おそらく今日明日のことではないかと思います」

……ということは、残りは戸高が当てた万舟券の二千万円だけか……。

「わかった」

貝沼は言った。「本部の指示に従って、万が一にも間違いのないように手配してくれ」

「承知しました」

斎藤警務課長は礼をしてから去っていった。

やると言ったことは、やらなければならない。

貝沼はまず、関本課長に電話して代休を取るように言い、さらに七飯係長と山田に代休を取らせるよう指示した。次に笹岡(ささおか)生安課長に電話して、根岸に代休を取らせろと言った。そして久米(くめ)地域課長に、地域課係員について指示した。

結果はどうなるかわからない。ただ、手配だけはした。あとは、所属長がどう考えるかだ。

貝沼はそう思った。

そして席を立つと、署長室のドアをノックした。

「どうぞ」

署長の声に促されて入室した。

「昨日はお疲れ様」

「署長もお疲れ様でした。その件で、斎藤警務課長から話がありました」

「どんな話？」

休日出勤した者に代休を取らせろと言われた件を報告した。

「わかった。月曜日休もうかしら」

「月曜日というのは、あまりに急ですね。各方面のコンセンサスを得ませんと……」

「あら、面倒なのね？」

「はい。面倒です。それと、会計課の金庫内の残り五千万円ですが、そのうちの三千万円を、詐欺の被害者への返金のために警視庁本部に移管するということです」

「それはよかった。あるべきところに戻るということね？」

「問題は、残りの二千万円ですね」

「どうしたらいいか、決めた？」

「いろいろ考えましたが、どうすればいいのかまだ結論が出ていません。だいたい、金の行き先を考えるのは、署長のお役目だと思いますが……」

「私だってどうしていいかわからない。だから、副署長、助けてよ」

署長にそう言われると断れない。立場だけの問題ではない。藍本署長に頼まれたら、いやと言える男などいないのではないかと、貝沼は思っている。

「どう処理するのが正しいのか、考えてはいるのですが……」

「私も考えてみるわ」

その口調に、深刻さが露ほどもなかったので、貝沼は少々不安になりながら署長室を出た。


午前十時を過ぎた頃、貝沼の席の警電が鳴った。

「東京地検特捜部の柳楽検事からお電話です」

「つないでくれ」

電話口で柳楽検事が言った。

「あ、副署長ですか。八百長の件について、報告にうかがいたいのですが……」

藍本署長に報告したいということだ。署長の都合を訊いて、折り返しかけることにした。署長が「すぐに会える」と言うので、その旨を柳楽検事に伝える。

柳楽検事はそれから約三十分後にやってきた。

署長室に案内すると、柳楽検事が言った。

「八百長疑惑の競艇選手らを、無事逮捕することができました」

「それは何よりです。まあ、おかけください」

藍本署長は柳楽検事を来客用のソファに座らせ、自分もその向かい側に掛けた。貝沼はドアの近くに立っていた。すると、署長に言われた。

「副署長も座ったら?」

「では、失礼します」

署長の隣に腰を下ろした。

柳楽検事が言った。

「いやあ、この度は本当にお世話になりました」

「お世話だなんてとんでもない。私たち、何もしていませんから……」

「いやいや、戸高さんの協力がなければ、逮捕には至らなかったと思います」

「協力したのは捜査二課でしょう」

「日向課長にも報告とお礼の電話を差し上げました。大森署に連絡するように言ってくださったのは日向課長なんです」

「あら、日向課長が……」

「彼も戸高さんの働きを評価しているようです」

「それはうれしいお話だわ」

「あの……」

貝沼は、柳楽検事に相談してみることにした。「署の金庫の中には、まだ例の二千万円が入っています。それをどうすべきか判断がつかず、困っているのですが……」

「ああ、二千万円……」

「もともとは東京地検のお金です。検事にお返しするのが筋ではないかと思うのですが……」

藍本署長は何も言わない。貝沼の判断に任せるつもりなのだろう。

柳楽検事が小さくかぶりを振った。

「いえ、以前も申したとおり、私が戸高さんにお渡ししたのは二十万円でして、二千万円ではありません」

「しかし、預かった金は、そのときに署長も申しましたように運用益とともに返却するものではないでしょうか？」

「あのときも結論が出ませんでしたね。ギャンブルの払戻金が運用益かどうか、私には判断できません」

「なるほど……」

検事は法律の専門家だ。その検事にわからないものが、貝沼に判断できるはずがない。

「税金の申告も面倒ですし……」

「え……？　税金？」

「そうです。競馬や競輪、競艇などの配当金は一時所得と見なされ、その半分が課税対象です」

「半分も持っていかれるのですか？」

「当該の競艇選手逮捕の罪状はモーターボート競走法違反と脱税ですからね。まあ、五十万円までは特別控除されますが……」

「あの……」

貝沼は慌てた。「このまま二千万円を持っていると、一時所得として税金をかけられるということですか？」

「……というか」

柳楽検事は思案顔になる。「あの舟券を当てたのは戸高さんですから、戸高さんに課税されるということではないでしょうか」

「戸高に大金の課税……」

「まあ、実際には、それまでに買った舟券の費用や給与所得も勘案されますが、大ざっぱに言うとそういうことですね」

「それはかわいそうね。じゃあ、二千万円は戸高のものにすべきね」

「それはどうですか……」

貝沼は言った。「勤務時間中に競艇をやって、二千万円を自分のものにする……。それって世間的に許されることでしょうか……」

「しかし、法解釈としては」

柳楽検事が言う。「当たり券を買ったのは戸高さんですから、配当金は戸高さんのものですよね」

貝沼は言った。

「でも、元手は東京地検から出たお金でしょう？」

「それはそうなんですが、地検が肩代わりして戸高さんの税金を払えるわけではありません」

「二十万円の返却も必要ないとおっしゃいましたね」

「捜査費用ですから、返却の必要などありません。実際、捜査のために使ってしまったわけですから……」

「なるほど、戸高がその金で舟券を買ったわけですよね」

「捜査費用というのは、捜査に使うための金です。ですから、使ってしまっていいんです」

「しかし、運用益が出たわけですから、せめて元手の二十万円だけでも返却したほうがいいんじゃないでしょうか？」

「捜査費用と言っても、出所がはっきりしていないんですよね」

それを聞いて貝沼は「えっ」と声を上げた。

「正規の出費じゃないんですか？」

「上席の検事から、総務を通じてもらうんですが、これが領収書も必要のない金でして……。ですから、返金しようとしたら、ちょっとまずいことにもなりかねないんです」

「まずいこと……？」

「裏金疑惑です」

「出所がはっきりしないというのは、そういうことですか……」

「もちろん、私は立場上そういうことはないはずだと申しておきますが、疑うやつは疑いますから……」

貝沼は考え込んだ。

柳楽検事が言う。

「……というわけで、私は面倒なことが嫌なので、二千万円どころか二十万円も受け取りたくはないのです」


結局、二千万円の話はつかないまま柳楽検事は地検に戻った。

「さて……」

貝沼は藍本署長に言った。「地検に返却できないとなると、どうすればいいでしょう」

「本当に戸高にたくさん税金がかかるということかしら……」

「理屈からすると、そのようですね」

「戸高に舟券を買わせたのは、地検と捜査二課、そして私よ。だから、戸高に税金を払えとは言えない」

「でも、払わないと脱税ということになりますよ」

「だから、二千万円を戸高にやっちゃえばいいじゃない」

「いや、ですから、それはまずいですよ」

「なぜ？」

「なぜって……。私は法的根拠を明らかにはできませんが、常識に照らしてダメでしょう」

「根拠が明らかにできないのならいいんじゃない？」

「そういうことではないと思います」

「じゃあ、どうするの？」

貝沼は考え込んだ。

「今後どこが二千万円を管理することになるかわかりませんが、そこが戸高の税金を肩代わりするような措置が取れないものでしょうか」

「税務署は、戸高が二千万円を稼いだと考えるわけよね」

「それを一時所得として、その半分を所得に加えて課税をするわけです」

「その二千万円をどこかに移管したら、税務署は戸高が譲ったと解釈するんじゃない？」

「あ……」

貝沼は、はっとした。「贈与税がかかりますね」

「一般贈与財産の場合って、二千万円だと、たしか税率五十パーセントよ」

「半分ですか……」

「百十万円は基礎控除として非課税で、それに加えて二千万円だと二百五十万円の控除があるけど……」

「税金に詳しいですね」

「苦労してるから」

「一時所得の五十パーセントに課税されて、贈与税が五十パーセントなら、二千万円はなくなってしまいますよ」

「現実にはそうはならないでしょう」

「どうなりますか？」

藍本署長が手元の電卓を叩きはじめた。

「まず、戸高が一時取得として二千万円の半分を給与所得に加えた分の所得税を納めるとする。その残りを誰かにあげる。すると贈与税が発生する。あれこれ計算して、だいたい二百万から三百万円くらいが贈与税かしら」

貝沼はぽかんと口を開けて説明を聞いていた。まるで頭に入らない。

「すみません。わかりやすく説明していただけますか？」

「戸高が一時所得の税金を払い、その残りのお金を誰かに譲ったら、合計約五百万から六百万円くらいが税金で消えるってことよ」

「税金ってえげつないですね……」

「そう。えげつないのよ」

「残りは千五百万円程度ということになりますね」

「もっとも、お金を譲った相手が法人だったら、贈与税ではなく、法人税で処理することになる。すると税率はぐっと下がるわね」

「それでも三分の一くらいはなくなるんですね」

「しょうがないわね。国は国民をお金持ちにしたくはないのよ」

「贈与の相手が法人なら、法人税で済むというお話でしたね」

「ええ」

「でしたら、国庫に納めてはどうでしょう。いや、警視庁は都の警察ですから、納める相手は東京都でしょうか……」

「どうかしら……」

藍本署長はあまり乗り気ではないようだ。

「あるいは、捜査二課に預けるとか……」

「そうねえ……」

藍本署長がソファから立ち上がり、自席に戻って言った。「月曜までに考えるわ」

本当に考えてくれるのだろうか。そう思いながら貝沼は、署長室を退出した。

24

月曜日の朝、朝礼も終えて一息ついていた貝沼は、ふと机上の新聞の見出しに眼を引かれた。

「麻取り、一網打尽」という見出しだ。

厚生労働省の麻薬取締部が薬物の密売組織を、文字通り一網打尽にしたという記事だった。

黒沢が関わっていた事案に違いない。

潜入捜査官が五千万円の見せ金を使って偽の取引を計画し、密売組織の構成員を現行犯逮捕したのだ。

その記事の中に「警視庁薬物銃器対策課の協力を得て」という文言を見つけて、貝沼は驚いた。

なんだ。結局、馬渕課長は黒沢に協力していたんじゃないか。

思い返してみると、黒沢が現れるときにはいつも馬渕課長の姿もあった。なぜいっしょなのか不思議に思ったこともあった。

寄ると触ると罵倒し合っている二人だが、本当に仲が悪ければ行動を共にはしないはずだ。

やはりあの二人はウマが合うようだ。そして、馬渕課長は虎視眈々と、薬物の密売組織検挙に絡む機会をうかがっていたに違いない。

黒沢も馬渕課長も、性格はねじ曲がっているが、仕事熱心であることは間違いなさそうだ。


午前十時頃、捜査二課の日向課長がやってきた。貝沼の席にやってくると、彼は言った。

「署長に呼ばれたのですが……」

二人で署長室を訪ねると、藍本署長が言った。

「ご足労いただいて申し訳ありません。こちらからうかがおうとも思ったんですが……」

日向課長が笑みを浮かべる。

「いえ。署長が本部にいらっしゃると、ちょっとした騒ぎになりそうですから……」

藍本署長がきょとんとした顔になる。

「騒ぎ?」

本人はまるで自覚がないのだ。

日向課長が尋ねた。

「例の八百長の件でしょうか?」

藍本署長は日向課長を、来客用のソファに誘い、その向かい側にかけた。貝沼も三日前と同じ場所に座った。

藍本署長が日向課長の問いにこたえた。

「先週の金曜日に柳楽検事がお見えになって、八百長容疑の選手らを無事に逮捕できたと報告してくれました」

「私のところにも報告がありました」

「……で、今日いらしていただいたのは、その捜査の過程で入手した二千万円についてなんですけど……」

「地検が持っていったんじゃないんですか？」

「柳楽検事は、面倒なことが嫌だとおっしゃって、受け取らなかったんです」

「面倒なこと……？」

「ええ。税金とか……」

「ああ、そうでしょうね」

「捜査二課に持っていってくれませんか？」

「うちにですか……」

「地検特捜部と協同して、八百長事件を捜査していらしたんでしょう？」

「いやあ、地検が主導で、我々はあくまでもサポートでしたから……」

「地検が持っていかないなら、捜査二課にお渡しするのが筋なんじゃないでしょうか？」

「そう言われましても、二千万円ですから、はいそうですかとは言えません」

貝沼は言った。

「二千万円ではないのです。一千五百万円足らずなんです」

「あ、税金ですか……」

「はい」

藍本署長が言った。「戸高の一時所得ということになりますので、約一千万円分の税金を納めなければなりませんから……」

「その残りを捜査二課にと……」

藍本署長がうなずいた。

「いつまでも、うちの署で預かっているわけにもいきませんので……」

日向課長はしばらく何事か考えている様子だった。やがて彼は言った。

「いや、やはり受け取るわけにはいきませんね。我々はあくまでも地検を補佐しただけですし、一千万円を超す金を受け取る理由がありません。そんな金を持ち帰ったら、それこそ裏金だなんだと言われかねません」

貝沼は言った。

「裏金ですか。柳楽検事も同じようなことを言っていました」

日向課長がこたえた。

「マスコミが眼を光らせていますからね。彼らは、公務員には裏金がつきものだと思っていますから……」

「そうですか」

藍本署長が言う。「やはり、捜査二課では受け取ってもらえませんか……」

「はい」

「わかりました。何か他の方策を考えることにします」

「金というのは、あってもなくてもやっかいなものですね」

「本当に……」

「では、私は失礼します」

日向課長が立ち上がったので、藍本署長と貝沼も立ち上がった。

ドアに向かった日向課長に、藍本署長が尋ねた。

「そう言えば、その後、豊島課長とはどうです？」

日向課長が立ち止まり、振り返る。

「どうとおっしゃいますと？」

「カラオケの件で、仲違いをされているんでしょう」

日向課長が苦笑を浮かべた。

「ああ、その件は何とか収まりました。まあ、相変わらずあの人は、私のことを生意気だと思っているようですが……」

「どういうふうに収まったのかしら……」

「豊島課長には、新しい十八番ができたようです」

「カラオケの？」

「はい」

「それはよかったわ」

「そうだ。今度、キャリア会のカラオケ大会にいらっしゃいませんか?」

「あら、所轄の者でも参加できるのかしら」

「署長はキャリアですから、もちろん参加資格はあると思います」

「ぜひ参加したいわ」

日向課長は優雅にほほえんで署長室を出ていった。

貝沼はあきれて言った。

「新しい十八番ですか……。キャリアというのは、もっと難しいことを考えているのかと思っておりましたが……」

「キャリアも地方(じかた)もない。人間なんてそんなものよ」

「……で、お金はどうします?」

「判断のつかないことは、上に任せる。これ、鉄則よね」

「大森署に署長の上はいませんが……」

藍本署長は、にっこりと笑った。

「私に任せて」


その日の午後、第二方面本部の弓削方面本部長と野間崎管理官がやってきた。

貝沼は「またか」と思い、うんざりした気分になった。

「ご用件を承りましょう」

貝沼が言うと、野間崎管理官が言った。

「署長が来てくれと言うから、方面本部長はわざわざ足をお運びになったんだ」

貝沼は聞き返した。

「署長が？」

「そうだ」

弓削方面本部長がうなずいた。「すぐにお目にかかりたい」

貝沼は二人を連れて署長室を訪れた。

藍本署長を見たとたん、弓削方面本部長と野間崎管理官の目尻が下がり、口元が弛む。

「弓削方面本部長。よくいらしてくださいました」

藍本署長が言うと、弓削方面本部長が満面の笑みを浮かべる。

「いつでも飛んできますよ」

「あら、うれしい」

あざとい返事だが、藍本署長が言うと不自然に聞こえない。

一行はまた来客用のソファに移動した。貝沼も定位置の藍本署長の横だ。いつものことだが、弓削方面本部長と野間崎管理官はご機嫌の様子だ。

藍本署長が言った。

「実は困っていることがあって、相談に乗っていただきたいんです」

弓削方面本部長が表情を引き締める。親身になっているということをアピールしたいのだろう。

「お困りのことがあるですって？　何なりと言ってください」

「本当ですか？」

「ええ。武士に二言はありません」

藍本署長は「ちょっと失礼」と言って立ち上がり、机上の警電で誰かに電話をした。

「例のものを持ってきて」

藍本署長が元の位置に戻るとほどなく、ノックの音が聞こえた。ドアが開くと、会計課の高畑課長と、拾得物係の橋田係長が姿を見せた。

高畑課長は、ジュラルミンのケースを持っている。藍本署長が言った。

「こっちに置いてちょうだい」

高畑課長はジュラルミンのケースを応接セットのテーブルに置いた。

貝沼は高畑課長に尋ねた。

「これ、現金輸送に使うケースだよね？」

「そうです」

「こんなものが署にあったのか？」

「いえ。管内の銀行から借りてきたんです」

弓削方面本部長と野間崎管理官はきょとんとした顔をしている。もちろん、貝沼は中に何が入っているか、もう気づいている。

藍本署長が言った。

「ケースを開けてください」

それに応じたのは橋田係長だった。「失礼します」と言ってケースに近寄り、ダイヤルロックを解除した。

ケースの蓋を開けると、札束が現れた。

弓削方面本部長と野間崎管理官は目を丸くし、顔を見合わせた。

弓削方面本部長が藍本署長に言った。

「これはいったい……」

「千五百万円あります」

「千五百万円……」

藍本署長は、この金について説明を始めた。弓削方面本部長と野間崎管理官は、ぽかんとした顔で聞いている。

説明が終わると、弓削方面本部長は言った。

「競艇の配当金の、納税分を除いた金額……。で、この金をどうなさるおつもりです?」

「どうしていいかわからないので、弓削方面本部長に預かっていただけないかと……」

「は……?」

「大森署に置いておく理由がありませんので……」

「待ってください。これって、おたくの署員が当てたものなんでしょう? だったら、その署員のものなんじゃないですか?」

「舟券を買うお金は地検から出てるんです」

「だったら、地検に……」

また同じ話が繰り返されそうだ。そう思ったとき、署長が言った。

「諸々のことはすでに検討済みなんですが、解決策が見つかりません。どうしたらいいかわからなくて困っていたんです。助けていただけませんか?」

弓削方面本部長は、しばらく現金を見つめていた。その横顔を、野間崎管理官が心配そうにちらちらと見ている。

やがて、弓削方面本部長が言った。

「わかりました。署長がお困りとあらば、何とかしなくてはなりますまい」

「本当ですか?　それは助かります」

「では、この金は方面本部に持ち帰ることにしましょう」

すると藍本署長は晴れ晴れとした顔になって言った。

「ああ、これでようやくぐっすり眠れます」

「これからも、お困りのことがあれば、何なりとおっしゃってください」

「何とお礼を申していいのか……」

「お礼など水くさい」

橋田係長がケースの蓋を閉めて施錠して、ダイヤルロックの暗証番号を弓削方面本部長に伝えた。

野間崎管理官がジュラルミンのケースを持ち、弓削方面本部長たちが去っていった。

「では、我々もこれで失礼します」

高畑課長がそう言って、橋田係長とともに署長室をあとにした。

貝沼は言った。

「弓削方面本部長は、だいじょうぶでしょうか……」

「何が？」

「結局、金の処理に困って、返しにきたりしないでしょうね」

「その時はその時よ」

「マネーロンダリングして、着服するようなことはないでしょうね」

「その時もその時よ」

「困ったときは上に預ける……。たしか同じようなことを、前の署長も言っていたような気がします」

「問題解決の鉄則よ」

弓削方面本部長が断らないことがわかっていたのかもしれない。彼は署長の言いなりだ。藍本署長はその弓削方面本部長の気持ちを利用したのだろうか。

いや、そうではないと、貝沼は思った。

藍本署長はあくまでも、困ったときは上に預けるという「問題解決の鉄則」に従っただけなのだ。

本人が意図しないところで、人々の思惑がいいほうに働き、問題が解決していく。いつもそうだ。藍本署長は、そういう運を持っているようだ。

それがもし運でなく計算だとしたら、たいしたものなのだが……。

「戸高を呼びましょう」

藍本署長がそう言って警電に手を伸ばした。刑事課にかけたようだ。五分ほどで戸高がやってきた。

「何すか？」

藍本署長が言った。

「大きな一時所得があったので、今年は確定申告をしてもらいます」

「ああ、万舟券ですね」

貝沼は言った。

「五、六百万円ほど取られるらしいな」

「俺の手に二千万円があるわけじゃないので、税金なんて払えませんよ」

「だいじょうぶ」

藍本署長が言う。「あなたに代わって、納税分をキープしてあるから」

「キープ？　どこにあるんです？」

「それは別に知らなくてもいいでしょう」

会計課の金庫にあるはずだ。だが、それを戸高に教える必要はない。署長も同じ考えのようだ。

「真面目に税金なんて払うことないでしょう。博打で稼いだ金なら、博打で使っちまったらどうです？　二千万円もスるなんて、きっとスカッとしますよ」

「あら……」

藍本署長が目を輝かせる。「それは楽しそうね」

本気で言っているのだろうか。署長ならあり得るな……。そう思いながら、貝沼は言った。

「賭け事に二千万円もの金を注ぎ込もうという感覚が理解できません」

戸高が貝沼に言った。

「一度やってみるといいですよ。人生変わるかもしれません」

「変えたくないんだ」

藍本署長が戸高に言った。

「残念ながら、使ってしまうことはできないの。だから、ちゃんと確定申告してね。納税の時にはお金を渡しますから」

「何だか面倒臭いですね」

「税金で食べてるんだから、そういうことを言っちゃだめよ」

戸高は肩をすくめてから言った。

「今度はいつ行きますか?」

何の話だろうと、貝沼は思った。

藍本署長がこたえた。

「あら、大きなレースがあるのかしら」

競艇の話らしい。貝沼は慌てて言った。

「お願いですから、勤務中はやめてください」

藍本署長が戸高に言った。

「……ということらしいから、勤務時間外にね」

「了解しました。ではまた、そのうちに……」

そんなことを言って、戸高は去っていった。


席に戻った貝沼を、見知らぬ男が訪ねてきた。

「東邦新聞の横井といいます」

「東邦新聞？　私に何か用かね？」

「実は、こちらを担当していた飯島がデスクになりまして……。代わって私が担当することになりました」

「待て」

貝沼は警戒した。「飯島さんは入院していたと聞いたぞ」

「ええ。復帰後すぐに異動がありまして」

「私をだましているんじゃないだろうな」

横井は怪訝そうな顔になった。

「だます？　なぜ私が……」

「社員証を見せてくれ」

「はい」

横井は素直に提示した。

「社に確認するが、いいか？」

「いいですけど、大森署ってそんなに警戒が厳重なんですか？」

貝沼は東邦新聞に電話して横井が新たな大森署担当だということを確認した。

「すまん」

貝沼は横井に言った。「ちょっと疑心暗鬼になっているようだ」

事情を知らない横井はただ「よろしくお願いします」と言った。


夕方にまた署長室に呼ばれた。

「何でしょう?」

「怪盗フェイク逮捕はお手柄よね。盗犯係の七飯係長を労ってあげなきゃと思って。あと、山田と根岸も……」

「ああ、そうですね」

「八百長選手逮捕に功労があった戸高も労わなきゃ」

「一席設けますか?」

「そうね。善は急げで、みんなの今日の予定を訊いてくれる?」

「承知しました」

そこに、斎藤警務課長がやってきた。

「あの……、豊島人事第一課長と日向捜査二課長がお見えなのですが」

貝沼は驚いた。

「その二人がそろって……?」

「はい」

藍本署長が言った。

「すぐにお通しして」

署長室にやってくるなり、豊島課長が言った。

「突然、申し訳ありません」

「いつでも歓迎です。……で、ご用件は？」

「カラオケ、行きませんか？」

「え……？」

「日向とカラオケでも行こうかという話になったんですが、男二人じゃ盛り上がらないでしょう。すると日向が、署長をお誘いしてはいかがかと申したもので……」

「あら、楽しそう。ちょうど、署員たちと一席設けようって話になっていたんです」

「じゃあ、それに合流させてください」

貝沼は言った。

「では、そのように手配しましょう」

「あ、そうだ」

藍本署長が言った。「麻取りの黒沢さんと馬渕課長も呼んだらどうかしら」

「そいつは楽しそうですね」

貝沼は言った。あの二人の罵倒合戦が見られると思うとぞくぞくする。「黒沢さんに連絡すれば馬渕課長も付いてくると思います」

日向課長が言った。

「では、我々は一足先に行って、カラオケ屋を押さえましょう。場所は追って連絡します」

豊島課長と日向課長が出ていくと、貝沼は藍本署長に尋ねた。

「署長も歌われるのですか?」

「カラオケだから当たり前じゃない」

「それは楽しみです」

「気をつけてね」

「は……?」

「豊島課長と十八番がカブらないように」

「はい」

貝沼はうなずいた。「充分に気をつけます」

今野 敏（こんの・びん）
1955年北海道三笠市生まれ。上智大学在学中の'78年に「怪物が街にやってくる」で問題小説新人賞を受賞。大学卒業後、レコード会社勤務を経て執筆に専念する。2006年『隠蔽捜査』で第27回吉川英治文学新人賞、'08年『果断 隠蔽捜査２』で第21回山本周五郎賞、第61回日本推理作家協会賞を受賞。'17年「隠蔽捜査」シリーズで第２回吉川英治文庫賞を受賞する。その他、「警視庁強行犯係・樋口顕」シリーズ、「ＳＴ 警視庁科学特捜班」シリーズ、「任俠」シリーズなど著書多数。

初出「小説現代」2024年12月号

署長サスピション

第一刷発行 二〇二五年四月七日

著者 今野 敏

発行者 篠木和久

発行所 株式会社 講談社
〒112-8001 東京都文京区音羽二―一二―二一
電話 出版 〇三―五三九五―三五〇五
販売 〇三―五三九五―五八一七
業務 〇三―五三九五―三六一五

本文データ制作 講談社デジタル製作

印刷所 株式会社ＫＰＳプロダクツ

製本所 株式会社若林製本工場

定価はカバーに表示してあります。

Printed in Japan ISBN978-4-06-538873-0
N.D.C. 913 335p 20cm